財神門徒

之2

變生肘腋

財
神
徒
門

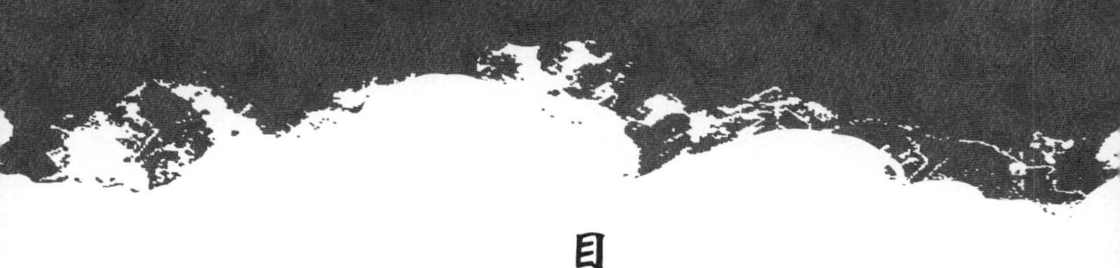

目錄

第一章 超完美預估

左永貴睡意全無，下了床，在滿地亂丟的衣服中找到了褲子，穿上之後來到書房的電腦前，打開電腦，時間剛剛好到了開盤的時間。

打開交易軟體，輸入了鳳凰金融的代碼，依舊是高開，但並沒有如前幾日般一開盤就漲停，今天漲幅只有百分之五。

左永貴在股海中折騰了那麼些年，自然看得出這種態勢下的走勢會是怎麼樣的。

「姓林的小子能掐會算還是怎麼的？時間踩得那麼準？」

「大哥，我全都說了，可以走了嗎？」

陳飛只想儘快離開這裏，他第一次遭人如此毒打，心裏萬分記恨林東，心想這仇是一定要報的，等過些日子傷好之後，喊十幾個人，帶上傢伙，也讓林東嘗嘗他今天所受的屈辱。

聽到徐立仁的名字，林東心中怒火萬丈，正愁無處發洩，低頭看到了陳飛那張令他討厭的臉，狠狠一拳砸了下去。陳飛的鼻子都被砸趴了，鼻血汩汩流了出來，人已經是不省人事，躺在地上動也不動。

除了在球場上打過幾次架外，林東從未與人打過架，他也沒想到自己竟然那麼厲害，一人單挑四個，全部被他打趴下。正打算離開這裏回家，只聽一陣陣馬達的轟鳴聲傳來，掉頭望去，鋪天蓋地的摩托車飛馳而來，車上坐著的個個都手持砍刀、鐵棍等殺傷力極大的冷兵器。

林東以為這幫人都是陳飛一夥的，就算是他有三頭六臂也打不過這上百口人啊，正打算開溜，卻見摩托車陣中衝出一輛白色奧迪，一馬當先，鳴了一聲笛，奧迪車後面的摩托車也跟著齊齊按下了喇叭。

響聲震天。這陣勢算是讓林東大開眼界了，可比在電影上看到的真實、震撼得多。

林東認識開在最前面的奧迪車，是高倩來了。他倒是忘了，高倩可是高五爺的閨女，蘇城道上半邊天的女兒，召集那麼些人，對她而言就是動動嘴皮子的事情。

奧迪車在林東的身旁停了下來，車後的摩托車也齊齊停下，轟隆的馬達聲震得林東耳膜發麻。

高倩從車裏衝了出來，奔到林東面前關切地問道：「沒事吧？」

林東笑了笑：「你看我哪裏像是有事的樣子。」

高倩將他從頭到腳檢查了個遍，的確是沒有任何受傷之處，懸著的一顆心這才放下。

高倩看到地上躺著的四個人，一個還在昏迷當中，另外三個仍在有氣無力地哀嚎。

「你幹的？」

她不敢相信，看上去瘦弱的林東怎麼可能一人打翻四個？

不敢相信的不僅僅只有高倩，還有她身後的這幫小弟。

李龍三走了過來，他瞥了一眼地上躺著的四個人，其中李三和陳飛有些眼熟，皆是些不入流的混混，另外兩個面生得很，估計是剛入道不久的嫩芽。

「林東，這是你幹的？」

李龍三雙手叉腰，如果說上次在未來城的電影院，林東能躲過他的衝拳已令他吃了一驚，那麼今天一人幹倒四個，這就令他震驚了。

「嗯，是我幹的。」

林東實話實說，沒必要在這幫崇尚武力的混混面前自謙。

「拿瓶水來。」

李龍三一聲令下，一名小混混立馬送上了一大瓶礦泉水。

李龍三蹲在陳飛身旁，旋開瓶蓋，把瓶子倒懸，淋得陳飛一頭是水，只聽陳飛咳了幾聲，嘴裏吐出一口血，血中混著幾顆白色的牙齒，分外顯眼。

「龍哥……」

李龍三是高五爺的貼身保鏢，在道上的地位頗高，陳飛這種級別的小嘍囉雖然沒機會見到他，但是卻不會不認識。

陳飛忍著疼痛坐了起來，看到路上停的那麼多車，一時有些看不明白。據徐立仁透露，林東是個外地人，無錢無勢，也沒聽說他道上還有背景，怎麼會驚動了像李龍三這等級別的大佬呢？

「龍哥，你是來救我的吧，一定要替小弟出氣啊……」

陳飛哭了，眼淚鼻涕一起下，樣子也甚是淒慘，哪有一點平時囂張跋扈的厲害樣。

李龍三開始問陳飛事情的來龍去脈，這時，林東把高倩拉到一旁。

「倩，徐立仁跟蹤我，把我去海安發展客戶的事情告訴了海安的人，所以海安的人才會帶人來尋我麻煩。」

「徐立仁？」

高倩也是吃了一驚，她一直以為徐立仁本性並不壞，只是平時愛討些嘴上的便宜，沒想到他竟然做出這種陷害同事的事情，憤怒之餘，猜到了林東所擔憂的事情。

「海安肯定有你的監控錄影，就怕徐立仁把事情搞大，一旦宣揚出去，海安又有真憑實據，只要他們投訴，你的職業前途就完了。」

他倆都是從業人員，深知從業人員是不可以去競爭對手的營業部拓展客戶的，如被查到，只有一條路可選，就是等待被公司開除。

林東當時也是急於做出成績，才會想到去對方的散戶大廳拓展客戶，沒顧慮太多的後果。

「海安這邊目前只有陳飛一人知道，首先得把他的嘴封住。」

林東心知陳飛被他一頓猛揍，必定記恨在心，想要他封嘴可不是件容易的事情。

高倩笑了笑：「這個不是問題，我讓李龍三搞定。」

她把李龍三叫了過來，把要做的事情告訴了他。

「……具體怎麼做我不管，反正你要保證這人把嘴巴閉緊。」

李龍三恨恨地瞪了林東一眼：

「倩小姐，我今天還以為受欺負的是你，勞師動眾的，過來一看，竟是幫這小子，那麼多弟兄一齊出動，這可擔著風險的，以後遇上這樣的事情，你還是別管比較好。」

知道高倩竟然要他來幫林東，李龍三的肚子裏就生出了滿腹的牢騷，恨不得再把陳飛提起來揍一頓。

高倩臉一冷：「李龍三，我說話不管用嗎？」

高倩不是喜歡給人添麻煩的人，沒想到第一次請李龍三幫忙，對方就那麼大的火氣，這點燃了她的怒火。

李龍三知道高五爺女兒的脾氣，一旦發作，不比她父親差，心想還是別惹她為好。

「不是這個意思，倩小姐吩咐的事情我哪敢不辦。你放心，我保證讓陳飛嘴巴閉得緊緊的，緊到撬都撬不開。」

以李龍三在道上的威信，只要他一句話，陳飛絕對沒有膽子敢違逆，所以這件事對他而言，只是動動嘴那麼簡單。

把陳飛提到一邊，耳提面命說了幾句，在李龍三面前，哪有他說「不」的份，只能傻呵呵地點頭，畢竟能和李龍三這個級別的大哥那麼近距離的交流，也是他以後在道上混的資本，傳出去也夠炫耀一陣子的。

「請龍哥放心，這事就爛在兄弟的肚子裏了，絕不會走漏出去。」

李龍三說完，陳飛立即就表了決心，直到此刻，他才意識到林東有那麼深的背景。

「他娘的徐立仁，你可把老子害慘了！」

找林東尋仇是不可能的了，陳飛把滿腔的怨恨全部轉移到徐立仁身上，恨死了他，打定心思，一定要好好收拾徐立仁。

徐立仁的陷害讓林東頗感心寒，人心如此險惡，人與人之間的關係竟然是如此複雜。徐立仁的所作所為，倒是給踏上社會不久的林東上了一課。

人性本惡。這世界並沒有他想像得那麼美好，人行於世，若想不被欺負，就必須勇敢地舉起拳頭，給予一切來犯者以沉重的打擊。

於我有恩者，必加倍還之。於我有仇者，必加倍懲之。要比來犯者更惡，才能免受欺凌。

經過此事，林東的心境發生了很大的變化。

他和徐立仁之間，僅存的同事之情也已蕩然無存，徐立仁必須要為他的所作所為付出代價。

徐立仁的心靈和肉體，都將因為他的愚蠢行為而遭受打擊。

週一早上晨會之後，周竹月一如上周，把新晉四強留在了會議室。

「還是老規矩，我就不多說了，抽籤吧。」

周竹月攤開手掌，露出握在掌心的四個紙團。

蕭明遠第一個上去抽了籤，這傢伙是老油子了，還不忘揩油，在周竹月白嫩的手上摸了一把，氣得周竹月一跺腳，直朝他翻白眼。

隨後，林東、紀建明和劉大頭三人分別抽了籤。

周竹月拿起紙筆，說道：「各位把抽到的數字告訴我吧。」

「三號。」林東報出了手中紙條上的數字。

「二號。」紀建明朝林東微微苦笑，林東這個可怕的對手他是躲不開了。

「一號。」劉大頭聲音洪亮的喊出了他抽到的數字。

周竹月朝蕭明遠望了一眼：「不用說，你就是四號了。」然後拿著紙筆就朝門外走去，到了門口又回頭提醒一句：「開盤之前把選好的股票發給我，錯過了時間，視作棄權處理。」

林東四人也隨後就離開了會議室，徐立仁看到他回來，不知怎的，今天林東似乎有些不同，讓他莫名有些膽怯。

林東打開電腦，率先把選好的股票發送給了周竹月，依舊是上周的鳳凰金融。周竹月收到之後，以為林東發錯了，還回了一條消息跟他確認。

九點二十五，周竹月把四強所選的股票發送到了公司的群裏，引來了一陣熱烈的討論，焦點就是林東所推薦的鳳凰金融，經過連續幾天的漲停，眾人紛紛認為股價已經沒有多少上升空間，大多數人皆認為林東此舉太過激進和冒險。

紀建明倒是在心裏鬆了口氣，林東前兩周表現出的強勁實力，讓所有人都畏懼和他同組競爭，不過從他這周推的股票來看，紀建明似乎看到了希望。

指數經過這段時間的下跌，市場已經釋放出了明顯的築底信號，紀建明判斷上升通道將在這一周打開，出現個股普漲的現象，所以他採取了與林東截然相反的方針，以追求穩中有升為首要目標，推薦了一支比較穩定且有明顯上升趨勢的股票中林國際。

蕭明遠和劉大頭推薦的股票都是前期跌得比較凶的股票，由此判斷，他們也都看好大盤在這一周會有起色。

將需要發送給客戶的資訊發送完畢，林東這一天的工作就基本結束了，如今他的客戶資產已經超過了千萬，即便是每天坐在公司吹吹空調喝喝茶，也不會有人干涉。

日子過得的確是要比之前舒服很多，即便如此，他也不會放過在背後捅他一刀的人。

「倩。」

林東大聲叫了高倩一聲，去掉了前面的姓氏，顯得很曖昧。

辦公室的人聽到了，紛紛朝他倆投來好奇的目光，猜測他倆的關係。

徐立仁聽到那一聲「倩」之後，感覺世界在他眼前崩塌了，無邊的怒火自胸中熊熊燃起，恨不得立即將旁邊座位上的人踩在腳下，狠狠揍一頓。

「嗯，什麼事？」

高倩也正奇怪著，平時一直很低調的林東為什麼今天突然高調起來？自打他倆交往之後，平時在公司一直刻意隱瞞，沒料林東今天在眾人面前竟然如此曖昧地叫了她。

不管怎麼樣，高倩的心裏是喜悅的。

「我在西湖餐廳定了位置，晚上一起吃飯好嗎？湖邊的景色很好，吃完飯我們還可以沿著湖邊散散步，吹吹風。」

「好啊。」高倩很高興地答應了下來。

徐立仁氣得渾身發抖，他一直把高倩看作是他那塊地裏的菜，沒想到竟被林東這個土匪搶收了，這讓他怎麼不憤怒？

「陳飛那王八怎麼還不動手？」

徐立仁滿心思想要收拾林東，拿著手機走了出去，爬到樓頂的天台，撥通了陳飛的電話。

「飛哥，怎麼遲遲不見你動手？那小子太囂張了……」

陳飛正想找他，沒想徐立仁竟然主動打電話過來，笑道：「急什麼？今晚在天香樓見，跟你說說我制定的整人計畫。」

徐立仁清楚陳飛的脾氣，不能催他，只能在心裏暗暗問候了陳飛的母系親屬，看來這廝又想在天香樓敲他一頓，那地方可不便宜啊……

徐立仁握著手機，肉疼……卻不知他正一步步陷入林東設下的圈套之中。

溫欣瑤敲開了魏國民的辦公室，手裏拿著一疊資料走了進來。

「欣瑤，請坐。」

魏國民起身給溫欣瑤泡了杯茶，這個女人精明強幹，有她坐鎮公司，可幫自己省不少的心，因此魏國民一直很倚重她。

「魏總，拓展部的林東最近很出色，我有意重用他，徵求一下你的意見。」

公司的人事大權一直被魏國民牢牢抓在手裏，即便溫欣瑤是副總，也無權決定晉升某位員工。

魏國民翻了一下溫欣瑤帶來的資料，上面有林東這一段時間業績的記錄，的確很令人震驚。

林東這個名字他有些印象，在黑馬大賽上出盡了風頭，不過這位員工具體是什麼模樣，他倒是一點印象也沒有。

「嗯，這個林東的確不錯，做出了成績，不過剛進公司不久，缺乏鍛煉，我的意思是先鍛煉鍛煉他，然後提拔，這樣對他以後也有好處。」

魏國民藉口林東缺乏鍛煉而拒絕了溫欣瑤的提議，不是因為林東不夠出色，也不是因為林東缺乏經驗。最近姚萬成也向他舉薦了一個人，他拒絕了，公司現在各個崗位都不缺人手，提拔了林東，又把他往哪兒放呢？

既然拒絕了姚萬成，溫欣瑤這邊他也不好滿口答應，不如拖一拖，免得搞得這兩個左膀右臂心裏不平衡。

溫欣瑤出了魏國民的辦公室，無奈地歎了口氣，這個魏國民守成有餘，卻進取不足，遇到林東這樣的人才，就應該委以重任，否則等到被別的公司挖了牆角，那就真是後悔莫及了。

以魏國民這樣的性格，看來也只能在蘇城這個小小的營業部幹到退休了。

溫欣瑤回到辦公室，琢磨著自己是不是該跳出元和這個圈子，說不定外面會有更好的發展。

一個上午，林東都在一樓的散戶大廳，和張大爺等人聊天，這群人賺了錢，見到炒股的朋友就說起林東的神奇，已經有許多朋友開始辦理轉戶手續，要開到林東的名下。

林東心中甚感寬慰，看來當初制定有針對性的行銷計畫並沒有錯，雖然冒險了點，不過效果的確很好。

玉片上鳳凰銜金的圖案並未消失，預示著這支股票還有上升的空間，所以林東繼續推薦了這支票。

果然不出所料，鳳凰金融依舊漲停，仍然有大單在吸貨。大盤企穩回升，經過早盤的稍微盤整之後，指數一路上揚，一個上午漲幅便已超過了百分之五。

紀建明所選的中林國際上漲了百分之三，跑贏了大盤，但遠沒有鳳凰金融閃亮，遜色了很多。不過他並不擔心，只是過去了一個上午，還有四天半的交易時間，只要鳳凰金融一回落，他就有機會結束林東的神話。

雖然和林東私下裏是很好的朋友，不過在比賽中，雙方互不相讓，享受勝負帶來的快感與失落，這才是男人應有的鬥志。

高五爺站在書房裏，把玩著林東送給他的黃楊木雕關公像，他雖稱不上是專業的鑒賞家，不過還是有些眼力的，越看越覺得這件東西並不簡單。

這時，李龍三敲門進來：「五爺，曹博士到了。」

高五爺站了起來，「奉茶，快請曹博士進來。」

曹博士是蘇城的鑒賞名家，與傅老爺子是同一輩人，在蘇城地位尊崇，若非高五爺，一般人根本請不動他。

「老師，請您給看樣東西。」

高五爺尊曹博士為師，是因為的確跟曹博士學到不少古玩知識。

曹博士接過高五爺遞來的木雕，雙目一亮，仔細端詳起來。

一刻鐘的工夫，曹博士抬頭問道：「紅軍啊，這玩意兒你是從哪得來的？」

「噢，是個朋友送的，說是不值錢的東西，可我越看越覺得像是有點年代的東西，所以才請老師過來給個定論。」

曹博士道：「這東西是出自明朝木雕大家一刀劉之手，存世的不多，能保存得如此完好，我想前主肯定是個行家。據我所知，咱蘇城集古軒的傅家就有一件。」

「傅家？」

傅老爺子他也是認識的，傅家可是蘇城的收藏大家，藏著的都是價值不菲的好東西。

曹博士既然開了口，他的話錯不了，看來這東西的確是個老玩意，應該價值不菲。

「那小子怎麼弄來的？」

高五爺的心裏懸著一個大大的問號，林東這小子倒是有些讓他看不透。

送走了曹博士，高五爺將李龍三叫到書房。

「你確定上次把林東的底細調查清楚了？給我再查。」

見高五爺動怒，李龍三嚇得直冒冷汗。

天香樓。

雖只有兩人，陳飛卻堅決要了個包間。徐立仁為了能讓他儘快去收拾林東，寧願多花些錢，順了他的心意。

剛一見面，徐立仁就發現了陳飛的異常，兩個腮幫高高腫起，開口說話的時候直漏風，連牙也少了幾顆。

「飛哥，你這是怎麼了？」

他萬萬沒想到這是被林東收拾的結果。

陳飛冷冷笑道：「前天喝了點酒，騎摩托車摔的。」

徐立仁在心裏偷笑：「正好你掉了幾顆牙，可以少吃點菜，給我省點錢。」

陳飛今天壓根不是來吃菜的，他是來揍人的，徐立仁這傢伙害得他被林東一頓猛揍，因為李龍三的原因，他還不能去找林東報仇，那麼這口氣只有撒在徐立仁身上了。

這頓飯吃得沒什麼味道，陳飛不說話，一直陰著臉，搞得徐立仁也不知道說什麼好。剛吃完飯，陳飛就催促道：「去，把賬結了。」

徐立仁點點頭，到外面把賬結了，等他又進了包間，卻發現陳飛不見了。他只當陳飛去廁所了，抬腳往包間裏走，就聽身後的門「砰」的一聲關上了，猛地回頭，一根黑黝黝的棍子已經砸到了他的臉上。

「啊——」

徐立仁的腦袋頓時就開花了，鮮血直流，他到現在還沒弄清楚是怎麼回事，陳飛也不給他說話的機會，揮舞著手中的棍子，任憑胸中的怒火熊熊燃燒，釋放他積聚已久的滔天怨怒……

「啊……」

徐立仁舉起胳膊護著頭部，陳飛手中的棍子也不知落下了多少下，每一下都結結實實砸在他的手臂或是背上，疼得他哭爹喊娘。

「救命啊……」

鮮血染紅了他的白襯衫，陳飛像是瘋了一樣，死命揮舞棍子，累得他自己都氣喘吁吁。

徐立仁的求生意識讓他不顧危險拚命往外衝，只要出了這個房間，就會有人拉住陳飛，他就能活命。

「呀——」

徐立仁不管陳飛如何擊打，衝到門口，撞到陳飛的身上，這一下力量出奇地大，竟把陳飛一下子撞到，他也趁此機會打開了門，沒命地往外奔，邊跑邊喊。

「殺人啦、殺人啦……」

陳飛提著帶血的棍子走了出來，驚得天香樓的客人紛紛往外跑，他本想追出去繼續揍那小子，不過因為腿上被摩托車排氣管燙的傷還沒好，根本追不上徐立仁，只能任他逃走了。

「下次見面肯定揍死你……」

陳飛吐了一口痰，還帶著血絲，看來他的嘴裏仍還在流血。

林東的那兩拳太重了。

西湖餐廳。

林東和高倩兩人攜手走了進來，坐到訂好的位置上。

「倩，你喜歡吃什麼就點什麼，我請你。」

高倩知道他的股票賺了不少錢，也不跟他客氣，要了幾樣最喜歡吃的菜。

兩人邊吃邊聊，沉醉在充滿歡樂的二人世界裏。

吃完飯，林東去結了帳，隨意吃了點就花了六百多，這要是以前，林東接下來的日子就沒法過了。這也提醒了他，雖說錢不是萬能的，但是沒有錢，他能請高倩來這種地方消費？

沒有錢是萬萬不能的，此話一點都不假。

夜色下，湖邊的風輕輕柔柔吹來，林東拉著高倩的手，兩個人就這樣沿著湖邊慢慢走著。

今晚的高倩特別安靜，風吹在她的臉上，長髮飛揚，時而遮住她白皙的臉，令她不時撥弄著亂舞的長髮。

路上行人紛紛，林東看著她，心靜了，慢慢地，世界裏只剩下這個女人，哪裏看得見其他的路人。

兩人漫無目的地往前走著，不知不覺中走了很遠，回過神來，才發現這裏的路人已經很少了。

林東望了望，湖心有座小島，島上有幾座亭子，看上去別有一番精緻。

「倩，我們去那裏好嗎？」

他伸手指了指島上的涼亭。

高倩「嗯」了一聲，任林東拉著她的手往湖心的小島走去。

走過了大約兩百米的木橋，就上了湖心的人造小島，島上的三座亭子就在眼前。

小島上的燈光很暗，夜晚的能見度不超過十米。

林東拉著高倩就往最近的涼亭走去，還未到近前，就聽到女人喘息的嚶嚀聲，再走幾步，林東看到了亭子裏的場景，便停下了腳步。

自從得到了玉片，林東的視覺與聽覺皆比以前聰敏了許多，高倩不知前面發生了什麼狀況，不知道林東為什麼停下來，問了聲：「怎麼了？」

她繼續朝前走了幾步，這才看到亭子裏的場景。

原來，一對情侶趁著夜色正在亭子裏激吻。兩人都動了情，竟忍不住去探索對方深層的欲望，情到深處，不能自已，也未發現有人正朝他們走來。

昏暗的光線讓林東看不見高倩的臉正由白轉紅，只是覺得掌中的小手越來越熱了。

「我們怎麼辦？」高倩在他耳邊小聲問道。

林東指了指不遠處的另一座亭子，示意去那裏看看。

為了不驚擾亭中正處於忘情中的情侶，林東和高倩像是入室行竊的小偷，躡手躡腳的，極力放輕自己的腳步，生怕弄出一點聲響。

到了另一邊的亭子，二人坐了下來，高倩的心還在咚咚地跳，她還是第一次看到剛才的場景，覺得刺激極了。

過了一會兒，林東指著前方：「你看，他們走了。」

高倩往前面望去，只看到模模糊糊的人影。

高倩靠在林東的臂彎裏，涼亭建於高處，清涼的晚風吹在臉上，此情此景，說不出的愜意。

林東低下頭，看到高倩美麗的面孔，忍不住朝著她的唇吻去，高倩像是觸電一樣，柔軟的身軀微微一震，這吻來得太突如其來了。

「林東……」

高倩仰起頭，美目之中閃爍出某種欲望，緊靠著林東的身體微微顫動……

週二的早上，郭凱走到林東等人的辦公室，說道：「同志們，立仁被打了，住院了，傷得還挺嚴重。」

聽到這個消息，高倩焦急地朝林東看了一眼，林東搖搖頭，示意不是他幹的。

這消息倒是讓林東解了氣。

紀建明道：「立仁傷得那麼重，都住院了，咱們大夥是不是該去探望探望？」

大家都在一個辦公室，平時相處還算不錯，有同事住院，理當去探望。和徐立仁同時入公司的幾個人都表示贊同，林東也不例外。

「多半是陳飛幹的。」林東已經猜出了徐立仁受傷的原因。

中午的時候，紀建明、崔廣才、高倩和林東四人湊錢買了水果和鮮花，坐著高倩的車，來到市一院探望徐立仁。

在前台問清楚了徐立仁住的病房，高倩捧著花走在前頭，林東三人提著水果跟在後面。

推開病房的門，徐立仁的媽媽剛好出去買東西去了，只有徐立仁一人躺在那裏，頭上裹著紗布，只露出一雙眼睛和嘴巴，他們進來時，徐立仁正呆滯地看著天花板。

「立仁，我們看你來了。」紀建明開口道，徐立仁這才發現有人進了病房，轉頭看了一眼，高倩也來了，這讓他激動不已，當他看到高倩身後的林東，又恨得牙癢癢的。

「哥幾個都來啦……」

徐立仁的聲音軟綿綿的，昨晚出了不少血，到現在身體都很虛弱。

崔廣才問道：「怎麼回事啊？立仁，得罪誰了？看你弄成這樣，這是誰要整死你啊……」

高倩打斷崔廣才：「廣才，立仁都這樣了，你就少說幾句吧。」

崔廣才一向口無遮攔，不知道什麼場合說什麼話。

徐立仁死要面子：「我能得罪誰？昨晚開車撞樹上了。」

看到徐立仁被陳飛揍成這樣，林東的心軟了下來，畢竟是同事一場，他已經為自己的所作所為付出了代價，何必再跟他計較。

「立仁，快點好起來，公司裏沒了你，還真不熱鬧。」

林東笑道，故意示好，有意緩和兩人之間的關係。

而此刻徐立仁的心中卻將林東恨透了，只要他還有一口氣，這件事就不會那麼算了。

「林東，你等著，等我出院，我要弄死你。」

徐立仁已經想到了報復林東的方法，這一招，絕對讓林東避無可避免。

和徐立仁聊了聊，快到下午上班的時間，四人就離開了病房。

轉眼到了週四，林東推薦的鳳凰金融在這一周的前三個交易日連續漲停，漲幅遙遙領先於其他三人所推薦的股票。若論誰是本屆黑馬大賽最耀眼的明星，必是林東無疑，即便是他最後無法榮膺黑馬王，也絲毫無損他的光輝。

連續三周，所推股票皆漲停。

即便是放眼蘇城，這也絕對是令同行難以置信的資料。

到了週四，林東一早起來便發現玉片上鳳凰銜金的圖案消失了，這個兆頭預示著鳳凰金融已爬到了頂部，接下來就看它如何往下砸了，是漏沙式的還是決堤式的，他也只能靜安天命。

這也是黑馬大賽的弊病之一，每個人每週只能推薦一次股票，中間不允許有任何買賣操作，除了儘量選對股票，其他什麼也沒法做，無法考驗參賽選手的實盤操作與應變能力。

晨會之後，他就趕緊通知買了鳳凰金融的客戶，讓他們開盤之後，無論什麼價格都要拋掉。忙完這一切，忽然想到了上次在張振東辦公室見到的左老闆，當時他說到了應該出貨的時候會通知左永貴的。

找出左永貴的名片，林東照著上面的號碼撥了過去，電話響了很久，才聽到左永貴的聲音，這傢伙似乎還在睡覺。

「喂，誰啊？」

林東笑道：「左老闆，是我啊，元和證券的小林，打擾您了。我通知您鳳凰金融可以出貨了。」

左永貴早在上週五就把鳳凰金融出了，這幾天看到鳳凰金融持續漲停，悔不當初，心想要是聽了林東的話，那該有多好。賺多少錢對他而言倒是其次，最重要的是以後在朋友們面前又多了一個吹噓的資本。

「噢，好的，謝謝你啊！小林。」

掛了電話，左永貴睡意全無，他下了床，在滿地亂丟的衣服中找到了褲子，穿上之後來到了書房的電腦前，打開電腦，時間剛剛好到了開盤的時間。

打開交易軟體，輸入了鳳凰金融的代碼，依舊是高開，但並沒有如前幾日般一開盤就漲停，今天漲幅只有百分之五。左永貴在股海中折騰了那麼些年，自然看得出這種態勢下的走勢會是怎麼樣的。

「姓林的小子能掐會算還是怎麼的？時間踩得那麼準？」他拿起手邊的電話，給張振東撥了過去。

「喂，老張啊，你今晚有空嗎？」

「今晚倒是沒什麼事，老左，怎麼啦？」

「請你到我會所來玩玩，對了，把那個林什麼也叫來。」

張振東在心裏笑了笑，這麼多年的朋友，彼此早就知根知底，這左永貴請他是假，後面那一句才是這老小子想要說的正題。

左永貴嘿嘿笑了兩聲，也不說話，就掛斷了電話。

放下電話，張振東從辦公室裏走了出來，到樓下的營業大廳晃了一圈，並沒有看到林東。自從林東業務有了起色之後，每週往銀行跑的次數是越來越少了。

又回到辦公室，張振東翻出林東的電話號碼，撥了過去。

「張行長，你好。」

電話一接通，林東先開口問好。

「你好啊，小林，還記得上周在我這裏見到的左老闆嗎？」

「記得記得，不久前我還跟左老闆通過電話。」

「老左今晚想請你去他的會所玩玩，不知你晚上是否有空啊？」

林東把張振東的話在腦子裏過了一遍，猜到了左永貴的想法，心裏雖喜，嘴上卻說：「本來是約了幾個朋友吃飯的，不過不要緊，難得左老闆賞臉，我豈能不去，那邊的事情我推掉就是。」

張振東道：「那好，下班你到行裏來吧，他那地方不好找，我帶你過去。」

掛了電話，林東握著電話朝天揮拳，成功的喜悅充斥心頭。十有八九，左永貴這個大戶又要被他拿下了，隱隱覺得，左永貴可能會是他從業以來釣到的最大的魚。

過了一會兒，林東沉住氣，冷靜了許多，覺得剛才的興奮過早了，畢竟左永貴還沒把戶轉到他的名下。

「還是不夠沉穩啊，以後要注意。」林東給自己提了個醒。

午間收盤的時間，林東給手上買了鳳凰金融的客戶一一打了電話，確定有沒有拋掉，好在客戶都很相信他，收到消息之後，無一例外都把手上持有的鳳凰金融賣掉了。

如此確認了一番之後，林東這才放下心來，如若鳳凰金融下跌之勢如江河決堤，一下子跌停，那就想走也走不掉，砸在手裏了。

早上開盤之後，林東就在手機上把自己持有的一萬股鳳凰金融全部拋出，成交之後，看到帳戶上多出來幾萬塊錢，或許再過個把星期，他就能賺到十萬塊，到那時就可以把借李庭松的錢還給他了。

無債一身輕，雖然李庭松並不急著要他還錢。

得到玉片才短短幾周，林東就從股市裏賺到了幾萬塊錢，這是他以前想也不敢想的事情。以前的他夢想著有份安穩的工作，拿著十萬的年薪，覺得那樣就滿足了，哪會料到會有今日。

想到如今仍有許多同學在為每個月四五千塊的月薪而拚命奮鬥，林東覺得自己真是太幸運了，這一切都要歸功於那塊一百塊錢買來的玉片。

下午開盤之後，林東到一樓的散戶大廳晃了一圈。剛一進去，就被張大爺等人圍住了，一群大爺大媽七嘴八舌的，搞得林東也聽不清他們說什麼，但從他們掛滿笑容的臉來看，應該心情都很不錯。

「小林，快來看……」

張大爺招呼林東到電腦前面，從分時圖來看，下午開盤之後，鳳凰金融就開始下跌，一路向下，不到兩點鐘，竟然已經下跌了百分之八，遭到恐慌性拋售。

眾人看得心驚，幸好上午已經都拋掉了，不然的話就真的砸在手裏了。

「小林，真神了。」

也不知誰說了這句話，引起了一陣陣共鳴，眾人紛紛豎起大拇指。

和張大爺等人聊了一會兒，林東剛要回樓上辦公室去，進來兩個轉戶過來的中年男人，到了櫃檯就說要找林東。林東一問，這才知道是張大爺兒子的朋友。

林東領著這兩人辦好了開戶手續，把其中一個開到了高倩名下。

回到辦公室，剛剛過了收盤時間，果然不出他的所料，鳳凰金融跌停。

這讓紀建明看到了希望，雖然在這周的前三個交易日，鳳凰金融連續漲停，但因為週一是開盤就漲停，所以開盤價和收盤價是相同的，因而在那一天，林東並未取得收益，三天之中只有後兩天的漲停是有用的，累計漲幅有百分之二十多，但週四的跌停讓林東損失慘重。

以鳳凰金融如今的走勢來看，明天繼續跌停的可能性很大。

紀建明推薦的中林國際今天雖然微微下跌，只要明天林東的鳳凰金融繼續跌停，中林國際不出大問題，那麼林東的不敗神話將要在他面前終結。

「林東啊，我是多麼希望能破了你的不滅金身啊……」

紀建明點了根煙，整個面部被煙霧籠罩，看不清他此刻的表情。

黑馬大賽能贏最好，如果輸了，林東也不會難過，比起悶頭發財，其他一切都是虛的。再說，他現在也不缺那點獎金。

第二章 花花世界

看到趴在床上的林東，左永貴問道：「怎麼？完事後睡著了？」

小白搖搖頭：「老闆，他壓根什麼都沒做，就讓我幫他敲敲背。」

這時，林東忽然翻了一下身，坐了起來，連忙說道：

「真不好意思，讓左老闆和張行長久等了。」

他迅速穿好衣服，走路歪歪扭扭的，裝出醉酒的樣子。

出了房間，左永貴拍拍林東的肩膀：「兄弟，怎麼，對我這裏的小妹不滿意？」

晚上六點多，林東來到了銀行，這時行員們早已下班了，只有張振東還在行長室。外面的安全門鎖上了，林東給張振東打了個電話。

「張行長，我到了。」

「好，我馬上下來。」

張振東因為有一些公務要處理，所以才打電話讓林東晚點過來。林東在樓下等了不到五分鐘，就見張振東打開門出來了。

林東上了張振東的凱美瑞，張振東發動車子，朝左永貴的皇家王朝開去。路上，張振東和林東隨意聊著。

張振東年紀不到四十，頭髮卻已掉了一大半，滿臉的疲態。金融行業雖然風光，其實個中辛苦只有從業者才能體會得到。就說張振東，外人眼中他是堂堂國有銀行網點的行長，事業有成，還有人巴結，卻不知道如今銀行間競爭之可怕，每個月都有巨大的業績指標，為了完成業績，保住位置，他經常一天兩頓酒，中午喝到掛水，拔了針管，晚上還得繼續喝，身體很多地方都出了毛病。

在一些居民面前，他是堂堂行長，在一些大老闆面前，他卻什麼也不是，為了拉存款，不得不低聲下氣去哀求。

看到張振東鬢角的幾縷白髮，林東深知他的不易。

「股市雖然熊了幾年了，不過我好些客戶都還在做，我很納悶，問為什麼賠錢還要玩股票？你猜怎麼著，他們說炒股票就像賭博，會上癮。」

「是啊，我也有客戶說過，股票的樂趣就是能帶來大起大落的快感。」

車子駛出了市區，路上的車輛漸漸少了。

進入郊區不久，張振東就指著前方的一座矮山道：「小林，看到那座小山了吧，老左的皇家王朝就在那兒。」

再往前開了不久，一座氣派的皇家王朝就進入了林東的視線。

來往的計程車很多，林東隨意看了看，裏面坐著的竟然都是衣著暴露、濃妝豔抹的年輕女性。

張振東嘿嘿笑了笑，說道：「別奇怪了，哪家會所門前都這樣，計程車接送的都是來串場子的小姐。」

林東一想也是，來這種地方消費的，誰還沒有車？除了小姐。

張振東好不容易找到了個空的停車位，停好車之後，便帶著林東朝正門走去。

門口有兩個黑衣大漢守著，見了張振東，朝他點頭笑了笑，直接放他倆進去了。左永貴開的這個皇家王朝採用的是會員介紹制，不是有錢就可以來玩的，必須經熟人介紹才能辦到會員卡。

張振東是左永貴的老朋友了，來過無數次，門口的守衛都認識他。

這是林東第一次出入會所這種高檔場所，與他想像中的完全一樣，裝飾奢華，堪比皇宮，估計古代的皇帝見了都會自歎不如。所有的女服務員都身穿旗袍，叉開得很高，露出白花花的大腿。

初入這種場合，林東真有種目不暇給的感覺，會所裏的一切對他而言都是新鮮的，恨不得一股腦全部裝到腦袋裏。

張振東拍拍他的肩膀，在前頭帶路，林東也不知他要往哪裏走。

繞了一圈，張振東這才停了下來，推開一扇門，請林東先入內。

進去之後才發現這是一個很大的房間，林東在沙發上坐了下來，舒服極了。

不一會兒，有個身穿黑色套裙的女人端著果盤走了進來，大約三十歲左右，風情萬種，一笑起來真是可以讓男人的骨頭都酥了：

「張先生，左總讓您先坐會，他有點事，馬上就來。」

張振東慌忙起身，從這女人手中接過果盤，笑道：「怎敢讓陳總親自跑一趟，張某內心惶恐啊……」

這陳美玉是皇家王朝的副總經理，也是左永貴眾多姘頭之一。人不僅長得漂亮，處事的手段更是一流，由她來打理皇家王朝，左永貴只需躺著收錢就行。雖然左永貴還有其他許多姘頭，但陳美玉卻不怎麼在乎。

只要左永貴能給她需要的權力，她才不管左永貴在外面怎麼花。不管男人喜歡的是她的肉體，還是欣賞她的能力，她只當男人是利用的工具而已，陳美玉一直那麼想。

「這就是左總說的貴客吧，真是年輕有為啊……」陳美玉伸出手，笑靨如花。

林東站了起來，在這個女人面前，他竟有些慌張，彷彿能被她看透心思。

「您好，陳總。」

林東伸出微微出汗的手，和陳美玉握了握手，也不知這女人的手是怎麼長的，握上去竟是無比舒服，真有點不捨得鬆開的感覺。

陳美玉微笑著，方才被林東看了一眼，竟然令她冰凍已久的心釋放出一絲溫熱，這可是從未有過的感覺，難道是因為林東長得英俊？她很快否決了這個猜測，心想只有一種可能，就是這小夥子身上有一種特殊的魅力，對女人極具殺傷力。

這時，左永貴頂著大肚子走了進來。

他朝陳美玉看了一眼，露出一絲不易察覺的冷笑，認識陳美玉已有十年，他已有幾年沒見到陳美玉如此掩飾自己的慌張了。

「難道這騷娘們思春，看上嫩小子了？」

左永貴也未多想，哈哈笑道：「小林啊，讓你久等了，不好意思啊。哎，今天真是忙啊。」

陳美玉笑道：「既然左總到了，那我就失陪了，外頭還有許多事要忙。」

林東跟著張振東起身，目送陳美玉離開了包間。

不一會兒，就有服務生送來了各式酒水，都是林東不認識的牌子，寫著英文，應該都是高檔的舶來品。

左永貴讓服務生全都打開，然後給林東和張振東一人倒了一杯。

張振東連忙擺手：「老左，我這胃都快被酒精燒出窟窿來了，難得一晚不喝酒，你就饒了我吧。」

左永貴笑道：「老張，你的酒量我是清楚的，這樣，我也不強求，你喝點啤酒好吧。」

張振東也不能完全不給左永貴面子，喝啤酒對他而言跟喝水沒什麼差別，當下點頭答應了。

左永貴舉起杯子，說道：「小林是第一次來我這裏，今晚請你過來，沒別的意思，一定要喝好、玩好，來，先乾一杯。」

三人俱是一飲而盡。

旁邊站著的服務生立馬又給三人滿上。

……

酒過三巡，左永貴從口袋裏掏出一張貴賓卡，推到林東面前的桌子上。

「小林，這是咱們皇家王朝的會員卡，你收著，方便以後過來玩。」

張振東心裏笑著，左永貴這老小子還真是看重林東，一出手就送了一張價值五萬的貴賓卡。

林東也不推辭，就收到了口袋裏，他明白左永貴不會無事獻殷勤，必然是自己有用得著的地方。

「左老闆，您的好，咱記在心裏，以後股票方面的事情，只要您相信我，就儘管找我。」

林東也不提轉戶的事情，點到為止，這是中國人在酒桌上的文化，酒喝好了，事情自然也就成了。

林東親自給左永貴和張振東倒上酒，舉杯道：「能得到張行長和左老闆的賞識，林東深感榮幸。感謝的話我就不多說了，都在酒裏，我自飲三杯，以示敬意。」

林東連喝了三杯，酒勁上湧，臉色開始變紅了。

樣。

左永貴和張振東相視一眼，心想這小子倒是實在，值得交往，就是酒量不怎麼

左永貴是好酒之人，見林東那麼豪氣，也不甘示弱，拉著林東一杯一杯喝著，張振東難得清閒，樂得坐在一邊吃水果。

推杯換盞，不知不覺，二人已經乾了三瓶。

左永貴越喝越心驚，喝到第二瓶的時候，他就見林東快不行了，哪知三瓶喝完，這小子竟然是越喝越清醒，臉上的醉意越來越淡。

「老張，你陪小林喝會兒，我去方便方便。」

左永貴和林東打了聲招呼，就進了洗手間。關上門，從懷裏取出一粒藥丸，這藥丸對解酒有奇效，是左永貴混跡酒場的必備之物，吞了一顆之後，用涼水洗了洗臉，只是那麼一小會兒，就覺得醉意退了幾分。

每當林東快要喝醉的時候，懷裏的玉片就會散發出絲絲縷縷的暖流，護住他的腸胃，化解酒力。這並不由他控制，玉片似乎可以感受他體內的變化，會自主幫他化解酒力。

趁著左永貴去洗手間的工夫，林東趕緊吃了水果，到現在晚飯還沒吃，肚子裏裝的都是酒水，光撐肚子不頂餓。

張振東看看桌上空了的瓶子，知道左永貴已經到量了，左永貴出來之後，精神抖擻了許多，又拉著林東喝了一瓶。喝著喝著，嘴裏的酒漸漸變得寡淡無味，林東覺得就像是喝白開水一樣，就算是喝到天亮也沒問題。

左永貴漸漸不行了，雖然吃了特效醒酒藥，仍是頂不住了。

張振東這時站出來道：「老左，這酒喝得差不多了，下面的節目該上來了吧。」

左永貴笑了笑，他也不打算喝下去，再喝下去就得把他自己交代在這兒了，不得不佩服林東的酒量，心裏暗暗道：「這小子真能喝。」

林東正猜測下面會是什麼節目，房間的門就開了，三個高挑女郎走了過來。穿著青色貼身長裙的女郎走到張振東的身邊，挽著他的手臂，面帶羞澀，正是他要左永貴留給他享用的小青。

張振東摟著小青的纖弱小蠻腰往外走，回頭對林東笑道：「小林，放鬆點，好好享受人生。」

這時，左永貴也被一個穿著紅色貼身長裙的女郎帶了出去。

包間裏只剩下林東和身著白色貼身長裙的女郎，林東知道接下來的活動內容了。

「你叫什麼名字？」林東傻乎乎地問了這麼一句。

那女郎看著眼前的嫩雛，微微笑道，「老闆第一次出來玩吧，就叫我小白吧，咱們走吧。」

林東被小白拉出了包間，昏暗的燈光，曲折的走廊，令他記不清朝哪裏走去。過了一會兒，小白打開一道房門，請林東入內。

進去一看，富麗堂皇，裝飾非常豪華，林東不禁驚歎起左永貴擁有的財富，心裏暗暗道：「這左永貴還真是有錢，就這皇家王朝得值多少錢啊……」

小白彎下腰解開林東的鞋帶，為他換上拖鞋，接著就去解林東的衣服……

「老闆，您想怎麼玩啊？」小白的聲音嬌滴滴的，在林東的耳邊搔弄著。

林東問道：「你會按摩嗎？」

「當然會啦，老闆您是喜歡中式、日式還是泰式呢？」

「隨你。」

小白讓林東趴在床上，脫掉林東的褲子，看到林東結實的肌肉，忍不住驚呼讚歎：「哇，您的身材真的好棒喲……」

林東想到她服務過那麼多男人就覺得倒胃，即使這女人長得再美，他也沒興趣多瞧一眼。

張振東穿好了衣服，剛出了房間，就在門口遇到了從隔壁房間出來的左永貴。兩人相視一笑，一齊朝林東的房間走去。

在門口等了好一會兒，仍不見林東出來，左永貴歎息道：「年輕人就是猛啊……」

又等了十幾分鐘，仍不見林東出來，張振東有點急了，心想這小子也太能搞了，都進去一個多小時了，怎麼還沒完事？附耳貼到房門上，仔細聽了一會兒，回頭對左永貴說道：「老左，不對勁啊……」

左永貴笑著問道：「怎麼不對勁了？年輕人是持久力強嘛……」

張振東正色道：「裏面靜悄悄的，一點動靜都沒有。」

左永貴微微皺眉，貼耳到房門上聽了一會兒，果然什麼動靜都沒聽到，心裏害怕裏面出了什麼事，抬起手來開始敲門。

敲了幾聲，門開了，小白一邊開門一邊把白色的貼身長裙往身上套。

看到趴在床上的林東，左永貴低聲問道：「怎麼？完事後睡著了？」

小白搖搖頭：「老闆，他壓根什麼都沒做，就讓我幫他敲敲背。」

這時，趴在床上的林東忽然翻了一下身，坐了起來，看到張、左二人，連忙說道：「真不好意思，讓左老闆和張行長久等了。」

他迅速穿好衣服，走路歪歪扭扭的，裝出醉酒的樣子。出了房間後，左永貴拍拍林東的肩膀道：「兄弟，怎麼，對我這裏的小妹不滿意？」

林東苦笑道：「不是小弟不滿意，實在是喝多了酒，有心無力啊。」

林東不想與會所裏面的女人發生關係，又怕被左永貴和張振東認為不合群而疏遠他，只得以醉酒的名義敷衍過去。左永貴納悶了，進去的時候還好好的，難不成這小子喝了酒要過很久才會起勁？

左永貴也不多想，只覺得林東身上有點玄乎乎的東西，連他這隻老鳥也捉摸不透。

「兄弟，」左永貴拍著林東的肩膀：「下個星期我找個人去你那裏開個戶，到時候放點錢進去，你教教老哥怎麼做股票。」

林東的表現讓左永貴很滿意，今晚請他過來可不僅僅是喝酒，更主要的是考驗林東的人品，俗話說酒品見人品，雖然在喝酒的時候沒提什麼正事，實則已讓左永貴對林東產生了信任。

三人走到大廳，恰巧陳美玉也在，林東和張振東和她打了招呼。

「美玉啊，替我送送老張和小林，我累了，先上去睡會兒。」

左永貴沒日沒夜泡在美酒與美人之中，身子早就被掏空了，加上漸漸上了年紀，這兩年的精力是大不如前了。

陳美玉把林東二人送到門外，臨走前笑道：「老張我就不多說了，小林，歡迎你常來咱們皇家王朝玩。」

林東說了些場面話，他對皇家王朝沒什麼好感，若說唯一能吸引他再來的，也就是眼前的這個女人了。

陳美玉送走了張振東二人，回到大廳，正聽到小白和小青等人在討論林東。

「小青，你是沒見到他身上的肌肉……」

「有那麼誇張嗎？」小青一臉的不信，她也看見了林東，感覺很瘦弱的樣子，無法想像他身上竟會有那麼發達的肌肉。

陳美玉走了過來，問道：「剛才是你服務的那年輕人？」

小白點點頭：「是啊，陳姐，你不知道……」

聽完小白的敘述，陳美玉的心裏倒是對林東十分敬佩，她知道，喝醉酒是假，如此血氣方剛的年輕小夥子能經得住美色的誘惑，日後的發展必然不可限量。

「若是有機會，還是應該結交結交。」陳美玉心裏如是想。

張振東開車往回，此刻已經過了十二點，路上仍有車輛不斷朝皇家王朝駛去。開了不久，林東就讓張振東把車停下來。

「張行長，離我住的地方不遠了，我步行回去就可以。」

張振東道：「小林，我送你回去吧。」

林東擺擺手：「沒事，我走一會兒就到了，很晚了，您回去休息吧。」

張振東也實在是疲憊得很，為了能在小青面前展現雄風，證明他寶刀未老，每次都弄得精疲力盡，疲憊不堪。此時此刻他只想儘快回家，倒頭就睡，既然林東那麼說，他也就不再堅持。

「好吧，路上注意安全。」

張振東一踩油門，車飛奔而去。

這裏離大豐新村大概有七八里路，林東往前走了不遠，就轉進了另一條小道，這是一條通往大豐新村的捷徑。

小道兩旁是大片大片的農田，夜風吹拂，微涼中帶著稻花的清香，令他的心頓時平靜了下來。

想起小時候上學的路上，他每天都會經過一片農田，夏天的時候，路兩旁也是一整片一整片的水稻，撲面而來皆是稻花的香氣，有蝴蝶在稻田的上方飛舞，有青蛙在稻田裏呱叫，甚至還可以在稻田旁邊的水渠裏發現游來游去的小魚……

童年的樂趣，竟讓他如此懷念，久居的城市卻讓他找不到歸屬感。若是有機會，他是多麼想回到童年，穿著打滿補丁的舊衣服，背著媽媽親手做的布包，在田間的小路上飛馳，追逐飛舞的蝴蝶，在路邊的水渠裏捉魚，弄得滿臉都是淤泥……即便是招來母親的責罵，那也是幸福的。

現在的生活，每日穿行於燈紅酒綠之間，難免有太多太多的誘惑，林東也不知自己還能把持本心多久，但每一次靜心凝想，都會讓他心有所悟。

「不管別人怎麼樣，最重要的是做好自己。不忘本心，方得始終。」

週五。黑馬大賽的雙雄將在今日產生。

紀建明自信滿滿，鳳凰金融繼續跌停的可能性很大，如果中林國際不出大亂子，那麼林東的不敗神話將在他的面前終結。

「林東，我今天倒是有點緊張，你說我要是真的幹掉了你，得遭多少人唾罵啊？」

紀建明以開玩笑的語氣說道，公司許多人都是想看林東和劉大頭的對決，他若真是晉級決賽了，會讓很多人失望。

林東笑道：「老紀，贏了我那是你的本事，有什麼好緊張的。你放心好了，咱們是兄弟，誰贏了都該替對方高興。」

聽了林東這話，紀建明也就沒什麼好擔憂的了，看來是他多心了，林東的氣度遠比他想像得要大。

「誰晉級了請喝酒。」

「一定。」

林東也知自己的勝出機率不大，目前他是領先紀建明的，不過鳳凰金融只要再次跌停，他前期積累的優勢都將耗盡，既然如此，不如靜安天命，隨它去了。

處理完每日必須發送的資訊，林東起身離開了公司，打算去電腦城買一台筆電，沒有電腦實在很不方便，現在有了條件，也應該買一個了。

坐車到了電腦城，林東開始挨家挨家挑選。一進來，便有幾人湧過來，拉著他說這說那，他對筆電一無所知，感覺每一台筆電都是那麼厲害，若是那樣的話，隨便買一個就成，哪還需要挑選？

走到一家國產品牌的店前，林東正在看著，上來一個年輕的小夥子，嘴上還留著烏黑的軟鬍，看上去十八歲左右的樣子，面嫩得很。走到林東身邊，像是鼓足了勇氣才敢開口說話。

「先生，請問、請問你買筆電做什麼用？我可以根據您的需要，推薦適合您的型號。」

林東抬頭看了他一眼，只覺很是眼熟，「二飛子？」

這年輕人也是一驚：「東哥？」

林東沒想到竟會在這裏遇到同村的林翔，林翔有個哥哥叫林飛，所以村上人都叫他「二飛子」。

「真是你啊？」

兄弟兩人抱在一起，能見到相熟的老家人，那心情自然是激動莫名。

「東哥，你買筆電做什麼用？」

林翔在老家的一個技術學校學了兩年電腦，畢業之後和同學一起來到蘇城打工，找了份在電腦城做銷售的工作。

林東把自己的需求告訴了林翔。

林翔沉吟道：「東哥，我建議你最好買商務機，待機時間長，並且穩定性好，適合辦公，只是價格貴了點。」

林東笑道：「那好，就買商務機，你哥不差錢。」

有林翔在，林東省了不少事情，不僅買到了稱心如意的筆電，還少花了幾百塊錢。林翔又帶著林東去買了無線網卡，一切辦妥之後已是中午。

「二飛子，跟哥吃飯去，哥有好多話想跟你聊聊。」

路邊的小餐館內，林東要了四菜一湯，看著林翔狼吞虎嚥的樣子，看得出來是好久沒有吃過一頓好飯了。

「二飛子，慢點吃。」都是出門在外打拚的孩子，林東最是瞭解在外的艱辛。

林翔猛吃了一會兒，話開始多了起來。

「東哥，你最近沒回家吧？」

林東點點頭：「是啊，還是去年過年回的家。」

「嬸子沒把那事告訴你？」

林東一頭霧水，問道：「什麼事？」

林翔低頭想了會兒，說道：「東哥，柳枝姐結婚了。」

林東手中的筷子掉了下來，砸到碟子上，發出清脆的聲音。他撿起筷子，吃了口菜，雖知道會有一天聽到這個消息，卻沒想到來得那麼早，那麼猝不及防。

「東哥，你沒事吧？」

林東努力使自己的心平靜下來，捏緊手中的筷子，以略帶嘶啞的嗓音低聲道：「你接著說，我沒事。」

「那男的是個瘸子，據說是小時候爬屋頂上摔下來摔斷了腿，他老爹是咱鎮子的副鎮長。柳枝姐出嫁的那天，我在家，我看著她紅著眼出門的，妝都哭花了。」

「什麼時候的事？」

林翔想了想：「應該是半個月前。」

前幾天林母才給林東打過電話，卻隻字未提柳枝兒出嫁的事情，母親的心思他能理解，不過該面對的遲早都要面對，不是晚幾天知道就能逃過去的。

「二飛子，家裏怎麼樣？」

林東岔開話題，林翔開始說起村子裏的事情，無非是哪家的小孩考上好的高中了，哪家男人在外面賺到錢回來蓋房子了，哪家的老人過世了……

「吃好了嗎？」

林翔打了個飽嗝，好久沒好好吃上一頓了，這一頓吃得真是舒服。

「哥，撐死我了。」

林東結了帳，和林翔交換了手機號碼。

「日子不好過的時候打電話給哥，別死撐硬扛。」

林翔摸摸頭，有些窘迫，似乎想說些什麼。林東知道他是有困難而不好意思開口，拍了拍他的肩膀：「二飛子，跟哥見外了不是，說吧，要多少？」

林翔臉紅了：「哥，不是要，是借，你借我一千，等賺了錢我立馬還你。」

林東從附近的取款機裏取了兩千，都給了林翔：

「多拿點，以防有急需用錢的時候。還有，二飛子，不是哥說你不行，你瞧你跟我說話都臉紅，怎麼做銷售？你該為以後的發展考慮考慮，找個自己擅長的活幹幹。」

「東哥，你真是把我看穿了，賣電腦我實在不行，一個月也賣不出去幾台，拿不到啥提成。你說我這樣能幹啥呢？」

林東問道：「你不是在技校學了兩年電腦維修嗎，會修電腦嗎？」

林翔點點頭，他最擅長的就是維修和組裝電腦。

大豐新村住了許多在外打工的年輕人，這些年輕人大多數都有電腦，但是那一片卻沒有維修電腦的店鋪，一旦電腦出了問題，就得跑到很遠的地方去修，很不方便。

林翔如果能在那裏開一家電腦維修店，肯定不愁沒生意。

「我住的地方還沒一家修電腦的，二飛子，你可以考慮去那裏開個專業電腦維修店，應該很賺錢。」

林翔的眼裏閃過一道光芒，隨即又暗淡了下來。

「東哥，盤個店面得花很多錢吧，我哪裏有錢去開店啊？」

林東估摸著在大豐新村那一片租個店面應該花不了多少錢，打算先回去打聽打聽，如果價錢合適，他就先幫林翔盤一個，畢竟是本家的兄弟，身體裏留著同一個老祖宗的血，能幫的地方必須得幫。

「這個你先甭管了，我先幫你打聽打聽去，你等我消息吧。」

和林翔分開之後，林東提著剛買的筆電去公園坐了一下午，柳枝兒出嫁的消息對他打擊不小，但無論如何都改變不了這個既成的現實，忽然想到了高倩，林東覺得有些事情應該放棄了，有些感情也不該繼續執著了。

憐惜眼前人吧，柳枝兒已成過往，即便有多麼不捨與不甘，她都成為了別人的妻子，倒是眼前的高倩，他可不能再讓這個女人失望了。

想到與高五爺的賭約，年底五百萬，對他而言仍是個天文數字。

林東冷靜地想了想，以他目前的這種狀態，做客戶拿工資加上從股票裏賺的錢，對於一般人而言，已經算是很可觀的收入，卻遠遠達不到五百萬的要求。

似乎已經到了該下決斷的時候，可林東仍是茫然得很。

未來的路究竟該往哪裏走？林東仰望天空，蔚藍色的天空下飄著白雲朵朵，一群鴿子從長空劃過，鴿哨聲悠揚……

林東正獨自出神，聽到手機簡訊的通知音，拿出一看，是高倩發來的。

「豬頭，趕緊看看行情。」

林東一頭霧水，打開手機炒股軟體，第一眼就看到了鳳凰金融跌停，再往下看，紀建明所選的中林國際竟然也大幅下挫，下跌了將近百分之七。

「怎麼回事？老天也在幫我啊？」

因為紀建明所推薦的中林國際在盤中突然大幅下跌，讓本已晉級希望渺茫的林東糊裏糊塗晉級決賽了，他到現在還未搞清楚中林國際為什麼跌得那麼狠。

回到公司，林東剛推開辦公室的門，就見紀建明帶頭站起鼓掌，同事們在他的帶動下，紛紛起身為林東鼓掌慶賀。

「老紀……」

林東不知道說什麼好，或許男人之間本就不需要太多的語言。他走上前去，和紀建明緊緊擁抱在一起，為兄弟情而賀。

「林東，你小子運氣真好。」紀建明在林東胸口擂了一拳。

林東笑道：「是啊，就這麼糊裏糊塗晉級了，贏都不知道怎麼贏的。」

崔廣才走了過來：「讓我告訴你吧，中林國際出事了，這家公司的一批傢俱被查出了有嚴重的品質問題，今天中午曝光出來的，下午股價就開始一路下跌。」

知道了原因，林東就不覺得奇怪了。

「老紀，只怪你倒楣，踩中了地雷。」

崔廣才笑道：「這顆地雷炸得太及時了，晚幾個小時，決賽可就沒你林東什麼事了。」

紀建明雖覺得有些遺憾，不過作為兄弟，他仍是為林東感到高興：「林東，你小子鴻運當頭，誰也擋不住，不過今晚的酒你可別想躲。」

「我是那樣的人嗎？有酒有菜，老崔你也一塊去。」

白吃白喝這樣的好事，崔廣才當然不會拒絕。高倩聽了，也嚷嚷著要去，林東就讓她選好地點，先去把位置定了，今天是週五，晚上各大餐廳都會爆滿，別到時候沒位置。

另一組，劉大頭成功晉級，殺入決賽。眾人期盼的雙雄對決即將上演。

林東和劉大頭的心裏都憋著勁，非常期待和對方的對決。一個是冉冉升起的新星，一個是成名已久的老將，這兩人的對決無疑是最引人注目的。

紀建明和崔廣才已經開始行動起來，催促眾人下注。

週六的早上，林東心裏惦記著給林翔找店面的事情，直往大豐廣場走去。到了大豐廣場，林東開始一條街一條街尋找，看看有沒有店鋪出租的廣告，尋遍了大豐廣場三條街，他也沒看到一條店鋪出租的資訊。

在街上逛了一會兒，林東已經放棄了，大豐廣場外地來的農民工很多，一些店鋪雖然毛利不多，但是客流量大，所以生意都很賺錢，也沒人願意將店鋪轉租。

林東正愁不知道怎麼向林翔交代，走到一個小院前，看到牆上用紅色油漆刷上了「出售」兩個大字，後面跟著房主的手機號碼。

「出售？」

林東看了看，這間院子緊挨著大豐廣場，只隔了一條小路，而且是出行上班的必經之路，地理位置不錯，人流量應該不少，只是他只想租一間店面，並不想買房子。

小院大概百來個平方米，有三間平房，院子裏還栽了一顆棗樹，樹上掛滿了棗子。林東倒是挺喜歡這個小院，只是不知道價錢，站在牆外徘徊了一會兒，歎了口氣，往租住的小院走去。

還未走進院子裏，隔著院牆就聞到了飯菜的香味，林東摸摸肚子，是有些餓了，於是快步走進院子裏。

秦大媽從廚房裏走了出來，腰上纏著圍裙，笑道：

「大家都在傳這片要拆遷了，不知道咱們做鄰居的日子還有多久。」秦大媽話語中頗有傷感之情。

說者無意，聽者有心。林東忽然從凳子上站了起來，從褲袋裏掏出手機，走到院子裏給李庭松撥了電話，他記得李庭松好像就是在什麼建設局任職，不知道他是否會知道一些拆遷方面的消息。

「喂，老大，什麼事？」

林東提高了嗓音：「老三，這都中午了，你還睡啊？快醒醒，有事問你，你那單位是叫什麼建設局吧？」

「嗯，虞山區規劃建設局，怎麼了？」

大豐新村就屬於虞山區，林東心中一喜，說不定李庭松真還知道點消息。

「我聽人說大豐新村這一片要拆遷了，這消息可靠嗎？」

李庭松道：「是有這麼個事，不過上頭還在研究，沒有定論，老大，你怎麼打聽起這事來了？」

「哦，你告訴我，大豐新村這片拆遷的可能性大不大？」

李庭松清醒了許多，開始詳細地說道：

「嗯，那片地拆出來主要是為了打造一個台商城的，目前幾個區都在爭這個專案，如果台商城的項目落到咱們區，那我敢肯定大豐新村肯定要拆。如果這項目被別的區搶走了，那拆的可能性就不大了。」

「好，謝啦。老三，你繼續睡吧。」林東知道再問下去也問不出什麼來，畢竟李庭松只是個基層的小領導，知道的消息不可能太多，尤其是核心消息，他就更沾不到邊了。

「哎……老大，你上週五對蕭蓉蓉做什麼了？我最近老是發現她魂不守舍的樣子，工作的時候也沒以前專注了，這可不像她啊。」

林東笑了笑：「想知道啊？你問她去啊。」

吃完飯，林東決定再去那小院看看，林東照著牆上的號碼撥了過去，電話接通後，聽筒裏傳來中氣十足的聲音。

「喂，您好，打擾您了，請問您的房子賣出去了嗎？」

「還沒，你是要看房子嗎？」

林東答道：「我在門外看了看房子，很滿意，聽您聲音應該已經過了退休的年紀吧？老人家，我就不勞煩您親自跑一趟了，如果允許的話，我可以親自登門拜訪，和您商談買賣房屋的事宜。」

「年輕人，知禮重道，很好啊。不過老頭子身體硬朗得很，就不用你登門了。你在門口等著吧，我半小時就到。」

看來已經初步取得了老頭子的好感，林東心中暗自竊喜，給自己剛才的表現打了滿分。

林東站在路邊的樹蔭下，他方才從門縫中看了看院子裏的情況，除了一顆碗口粗細的棗樹，還有個花壇，裏面養了些花花草草，很是漂亮。這院子他越看越是喜歡，若是價錢合適，真的願意將其買下。

老頭果然守時，林東站在樹下等了將近半個鐘頭，就見一個老頭騎著破舊的自行車緩緩而來，老遠看到他板著臉，一臉嚴肅。

「老先生，您好，我叫林東。」

老頭剛下車，林東就上前扶住了他的車，自報了家門，以示尊敬。

「小夥子，是你要看房子？」老頭子個子不高，腰板卻挺得很直，那麼大熱的天，竟然繫上了風紀扣，可見是多麼嚴肅的一個老人。

老頭取出鑰匙打開了門，請林東進去看看。

林東隨他進了院子裏，花壇裏的月季開得正盛，院子裏的棗樹枝丫延伸得很遠，遮下一大片綠蔭，枝頭上掛滿了果實，有青色的，有紅色的，個兒雖不大，但應該是很甜的那種。

這小院門朝南，有東、西、北三間平房，屋子裏空空蕩蕩，除了簡單的桌椅，已沒什麼傢俱。

老頭指著西邊的平房道：「西邊這間是廚房，東邊那間是放雜物的，北邊那間就是人住的了。院子就是這樣，也不複雜，一眼就能看全了，你如果想要仔細看看，請自便吧。」

就是三間平房，也沒什麼好看的，林東在乎的是這院子的價錢。

「老先生，院子我是喜歡的，我瞧見這花草，就知道您是有品味懂欣賞的人。我也不跟您兜圈子，您把這房子的售價告訴我吧。」

老頭笑道：「我也不跟你瞎侃，前段時間有個來看房子的出了二十萬，我沒賣，不是覺得開價低了，而是那人我不喜歡。」

大豐新村地處郊區，到市區要坐兩個小時的公車，地處偏遠的郊區，這片房價本來就不高，不過這二十萬對林東而言，已經是他身家的極限了，一時他還拿不定主意。

「聽你的口音是外地的吧，像你這樣的年紀，買房一般都是為了結婚，可誰結婚會買我這平房？小夥子，跟老頭子說說吧。」

「我有個堂弟，在外面漂泊了許久，至今一事無成，好在他會修電腦，所以我打算找個店面給他開個店，看到您這房子不錯，所以就想買下來。」林東如實說了。

老頭歎口氣：「這房子是以前分給我的，我沒退休之前就在這附近的中學教書，也住了些年，現在年紀大了，兒女們都在國外，不放心讓我一個人留在國內，幾次催促我到國外和他們一塊住。這不，護照什麼的都辦好了，過些日子就要出國了，也不知還能不能回來。」

老頭從屋裏拿了兩條矮凳出來，和林東坐在棗樹下，打了些棗下來，洗淨後兩人邊吃邊聊。

老頭獨居多年，又因性情孤僻，與鄰居們也很少說話，見到林東很投緣，不禁話多了起來，打開了話匣子後，擋也擋不住，說起自己的得意門生如今做到省裏的大官，每年都會登門看他，感謝他當年的栽培與教誨。

人老了最容易想起以前的事，老頭子說起往日的輝煌滿面的笑容，一臉的豪情。

他問了林東很多有關家庭和求學的事情，林東如實說了，老頭子聽得連連歎氣，深感林東的不易。

二人聊著天，不覺時間過得飛快，林東抬頭一看，日已西斜，已是傍晚時分。

「哎呀，今天能和你敞開胸懷聊一聊，老懷寬慰啊。」

林東也沒想到這一下午竟然聊出個忘年交來，不過這老頭為人剛正不阿，對許多事情的看法雖然有些偏激，卻絕對符合情理，倒是給林東不少啟發。

「李老師，天不早了，咱們今天就到此為止吧，房子的事情容我考慮一晚，明早一定給你答覆。」

這老頭姓李，名懷山。

李懷山笑道：「行，你的情況我也瞭解了，回去之後，你仔細考慮考慮。」

和李懷山並肩出了小院，林東算了算自己目前的資產，從李庭松那裏借來的十萬塊錢炒股票，讓他已經賺了幾萬，加上工資，目前手上可動用的錢差不多將近二十萬。

如果拿出二十萬買下李懷山的小院，他可能還要問別人借些錢。一旦買下小院，就沒錢去炒股票，無法從股市中撈錢。

巧婦難為無米之炊，縱然他有玉片幫助可縱橫股市，但沒有資金，一切都是空談。

這十幾萬是他生財的本錢，不能全部拿去買房，況且大豐廣場這一片拆不拆還沒有個定論，如果買了之後，台商城的項目落到了別的區，這片區域拆遷無望，也就沒有多大升值的潛力，到時候投資就收不到預期的回報。這是林東最不願見到的結果，偏偏又有存在的可能。

林東左思右想，決定不買房了，他打算去別處看看能不能租到店面，總不能讓林翔燃起了希望又失望。

第三章 老天的玩笑

林東使勁、猛烈地揉著眼睛，甚至用上足夠捏爆眼球的力量，但仍是徒勞無功，眼前只是混混沌沌的一片暈黃色，除此之外，什麼也看不見。

林東心裏恨吶，雙手緊握，指甲戳破了床單，老天為什麼會對他這樣，他的生活剛剛有了起色，眼看美好的明天正朝他一步步走來，沒想到老天竟然開了他這麼一個大玩笑。

第二天清早，林東吃完早飯，剛打算撥個電話給李懷山，哪知李懷山卻先一步打來了。

「喂，是小林嗎？」

「嗯，是我，李老師，我正想給您打電話呢。」

電話裏傳來李懷山爽朗的笑聲：「小林啊，我就快要走了，家裏藏了很多書，我捨不得丟啊，打算先托運到美國，可我老了，體力吃不消，想請你幫個忙啊。」

「嗯，李老師，我正好沒什麼事，我現在就過去幫您整理。」

「清河社區六棟一單元六〇一室，真是不好意思啊，麻煩你了。」

掛了電話，林東笑了笑，心想這老頭果然性格怪癖，不然也不會請他這個剛認識一天的朋友去幹體力活。不管怎麼樣，林東心底認為李懷山是個值得尊敬的長者，教書育人一輩子，桃李遍天下。李懷山的忙，林東還是樂意幫的。

清河社區就在附近不遠，坐公車十來分鐘就到。林東穿好衣服，就朝大豐廣場的月台走去。剛過八點半，就到了清河社區大門口。

林東站在門口一看，是個舊式的社區，至少有二十年了，連個保安也沒有，他直接就進去了。

找到六棟，林東爬樓梯到了六樓，抬手敲了敲六〇一室的門。

李懷山打開門，見是林東到了，趕緊把他迎了進去。

「小林，那麼熱的天，真是麻煩你了。」李懷山提了提水壺，沒水了：「小林，你坐著歇會兒，我燒點開水泡茶給你喝。」

林東笑道：「李老師，您別忙了，我不渴，等把您托運書的事情搞定再喝不遲。對了，您想好用哪家快遞公司托運了嗎？」

李懷山道：「這個我還真不知道，我女兒只是告訴我可以托運過去，沒說怎麼托運啊。」

李懷山對這些快遞公司並不瞭解，也沒主意，幸好有林東在，否則他真還不知道怎麼辦：「都聽你的，你說哪家就哪家吧。」

林東用手機查到了快遞公司的電話，撥了過去，把李懷山這邊的地址告訴了他，對方說一個小時之內到，讓他們把東西搬到樓下。

「李老師，您的書在哪？我們得往樓下搬。」

李懷山引林東進了書房，指出兩排書架說道：「都在這裏了。」

林東驚住了，滿滿兩書架的書，足足有五六百本，可夠他好好喝一盅的了。

「李老師，您家裏有大點的袋子嗎？蛇皮口袋或者是麻袋都可以。」林東心想這麼些書要一疊疊往下搬，不知道搬到什麼時候，還不如一次多運些下去，早結束了。

李懷山從雜物間裏找出一個麻袋，林東一看，跟裝化肥的口袋差不多大，大小正合適。

「李老師，您最好再找一疊廢報紙給我，待會我把書運到樓下，把報紙鋪在地上，然後把書放報紙上面，免得弄髒了書。」

李懷山「嗯」了一聲：「小林啊，還是你想得周到，舊報紙家裏有的是。」

李懷山又給林東找來了厚厚的一疊舊報紙，老少爺倆就開始忙著往麻袋裏裝書，裝滿一袋，林東將其背下去，放好後再拿著空麻袋上來，如此這般來來回回折騰了好幾十次，這才將所有書籍全部運到了樓下。

「小林，喝口水歇會兒吧。」

李懷山趁林東運書的時候燒好了水，早就倒在了那裏，此刻熱水已經晾成了涼水。林東也不客氣，端起舊式的搪瓷杯咕嚕咕嚕一口氣全部喝了進去。

這時，手機響了，林東一看號碼，對李懷山道：「李老師，咱下去吧，快遞的人到了。」

李懷山看到林東右肩上的襯衫都磨破了，磨破的地方還沾著點血漬，他看在眼裏，卻沒說什麼。

剛到樓下，就見一輛麵包車開了過來。

「哇——」黃色的麵包車裏下來一個壯實的青年漢子，顯然沒見過這陣勢，看著地上堆成小山的書，張口驚呼。

「好傢伙，要托運那麼些書啊！」

青年漢子從車上拿出打包用的工具和紙箱，若是知道有這麼多，他肯定不會一個人過來的。

「兄弟，搭把手。」

青年漢子一個人忙不過來，招呼林東幫忙。林東從小就幫父母下地幹活，讓他這麼站著看別人忙著，心裏也不是滋味，當下彎腰和快遞員一起打包書籍。

一直忙到中午，才將李懷山的所有書本打包完畢。國際快遞托運那麼些書，可花了李懷山不少錢，不過老頭似乎對錢看得很輕，滿不在乎的樣子。

快遞車走後，林東心想也是時候把他的決定告訴李懷山了。

「李老師，我想了想，決定暫時不買房了。不好意思，耽誤您不少時間。」

李懷山似乎早料到了林東的想法，笑了笑：「行，我知道了。小林，麻煩你了，時間不早了，你回去吧。」轉身進了樓道。

林東很是鬱悶，這都中午了，本以為李懷山會留他吃個午飯，沒想到竟直接讓他回去。林東倒不是在意那一頓飯，只是覺得李懷山的做法有違常理。

「真是個怪老頭，難不成真把我當成不用客氣的老朋友了？」

林東搖搖頭，看了下時間，動身往回走去，心想秦大媽這會兒應該已經做好了飯菜就等他回去開飯了。

回到租住的小院，剛進門就見秦大媽正翹首企盼。

「渾小子，這一上午你去哪瘋了？午飯都不知道回來吃。」

林東咧嘴嘿嘿笑了笑：「不提了，被人當了一上午的勞力，吃飯吧。」

秦大媽和絕大多數大媽一樣，喜歡聽家長里短的事情，打破砂鍋問到底，非要問清楚林東上午去哪裏做勞力。

林東無奈，只好將上午發生的事情告訴了她，聽得秦大媽也是一臉驚愕。

「這老頭也太不像話了，怎麼著都應該留你吃頓飯啊。」

林東夾了一塊肉塞進嘴裏，滿嘴流油：「他家的菜怎麼比得上大媽您的手藝，就算留我，我也要回來吃大媽燒的菜。」

「渾小子，嘴真甜，不知道要禍害多少姑娘家！」秦大媽聽林東誇讚她的廚藝，心裏像是抹了蜜開心極了：「小林啊，那他的房子你不買啦？」

林東點點頭：「不買了，目前沒那麼多錢。」

到了晚上，林東關上房門，取下脖子上的玉片，既然玉片有預言的能力，他倒是想試試讓玉片預言一下年底能不能賺到五百萬。集中精力之後，再一次與玉片取得了溝通，進入金色聖殿，卻仍然無法進入到第二層。

從幻境中走了出來，玉片卻未發生絲毫的改變，看來這玉片並不能預知他的未來。起初雖有些失望，但林東轉念一想，若這玉片真的能讓他預知自己未來的人生，那麼他也將失去對於未知的探索而產生的樂趣。

放牛的朱重八能當上皇帝，貴為皇帝的蕭衍也能被餓死……充滿不確定的人生才值得為之奮鬥拚搏，林東靜下心來，調整呼吸。

每一次進入金色大殿都極為損耗精力，此刻，他仍覺得身體疲憊不堪，只想倒頭就睡，不過還有事情沒做，他不能現在就睡。

凝神聚力，林東凝望著平放在床單上的玉片，試著再一次與玉片產生溝通，連試了幾次，卻毫無反應，急得他滿頭是汗。

「不行，精力不夠了。」

像是跑完了幾萬米，林東感覺就快虛脫了似的，看來與這玉片溝通真的是很損耗真元。他不敢繼續強行嘗試，那樣的話，說不定就會出什麼差錯。

把玉片掛在脖子上，林東下床打開房門，走到自來水龍頭下，擰開水閥，灌了幾口涼水，抬頭一看，星隱月沉，漫天的烏雲，過了一會兒，忽然刮起了狂風。

林東本想在院子裏涼快些再回屋睡覺，哪知只是那麼一會兒，天上就開始電閃雷鳴的，豆大的雨點劈劈啪啪落下，砸在人身上生疼。

林東跑到屋簷下，轉身關門，卻看到對門李嬸曬的衣服還晾在外面，立即頂著暴雨跑過去收衣服。好在衣服不多，被風刮到了一起，林東一把就把所有衣服從繩子上拿了下來，正往自己屋裏跑去，卻見一道刺目的電光射來，忽然眼前就什麼也看不到了，耳邊響起轟隆的雷聲，只覺有什麼東西擊到了懷中的玉片。

林東摸黑進了房間，仍是什麼也看不見，心想壞了，莫不是被剛才的電光刺瞎了眼？

「老天，你沒見到我是幫別人收衣服嗎？怎麼還刺瞎我的眼？」

林東摸到床邊，一屁股坐在床上，越想越是氣憤，他不敢想像失明後的生活會是多麼淒慘。

使勁揉著眼睛，猛烈地揉著，他甚至用上了足夠捏爆眼球的力量，可仍是徒勞無功，他的眼前只是混混沌沌的一片暈黃色，除此之外，什麼也看不見。

林東心裏那個恨吶，雙手抓緊床單，指甲直接戳破了床單，老天為什麼會對他這樣，他的生活剛剛有了起色，眼看美好的明天正朝他一步步走來，卻不承想老天竟然開了這麼個玩笑。

「我瞎了。」林東死也不願承認這個事實：「或許只是短暫的失明，明早醒來就會恢復正常的。」

人的眼睛在突然的強光照耀下，可能會導致短暫的失明，這是眾人皆知的常識。林東想一想剛才的情景，黑漆漆的院子，突然一道閃電劈到他的跟前，沒被當場劈成焦炭已是萬幸。

對門的李嬸今天夜班，北屋的秦大媽去給人家做月嫂了，晚上要去帶孩子，鄰居們都不在家，林東也不想麻煩任何人，閉上眼睛，強迫自己睡覺。

不知過了多久，林東在渾渾噩噩中睡著了。貼在胸口的玉片綻放出金色的光華，漸漸凝為兩束，射在林東雙目之上，宛如細流一般，湧進了他的眼瞼……

這一覺醒來已是天亮，林東聽到了手機的鬧鈴聲，知道已經是六點半了。他猛然從床上坐了起來，睜開眼睛，眼前仍是一片混沌。

林東如受重擊，頹然倒在床上：「完了，我瞎了……」

美好的人生才剛剛開始，老天就開了這麼個玩笑，林東心中充滿了憤怒，心想難道是這小院的風水不對嗎？短短幾周的時間，竟然遭了兩次雷劈。第一次給他手掌心留下了洗不掉的印記，第二次讓他失去了光明。

「老天……」

林東扯起嗓子怒吼，脖頸上青筋暴起，雙拳猛捶床板，幸好小院沒人，不然非得認為他發瘋了。

也不知過了多久，林東喊得沒勁了，躺在床上一動也不動，直到手機在耳邊響了起來。

林東好不容易劃開解鎖，接通了電話，聽到了高倩的聲音。

「林東，你怎麼還沒到公司？」

高倩心中隱隱有些擔憂，一大早就左眼皮跳，到了公司發現林東沒到，問了一圈人，都說沒看見他。這倒是有些反常了，平時林東總是不到八點就到了，怎麼今天都快八點半了還沒到？

「倩，我有點事，今天去不了公司了。你幫我請個假。」

林東不想讓高倩知道他已經是個瞎子，於是編了個謊話。

「那黑馬大賽的決賽怎麼辦？」高倩追問道，也不懷疑林東騙她。

「我棄權……」

此刻的林東萬念俱灰，根本沒心思參加什麼比賽。

掛了電話，高倩開始懷疑起來，林東這個人表面上似乎不怎麼關心勝負，實則好勝心很強，他已經打入了決賽，就算有事，也沒理由放棄比賽。

「他出事了。」

高倩瞭解林東，是個好面子的人，有事也不一定會告訴她。

她先是找到了郭凱，幫林東請了病假，郭凱知道他倆現在的關係，也沒懷疑什麼，然後找到了周竹月，也未徵求林東意見，就隨便幫林東推了一支股票。辦完這些事情，高倩拿著包急匆匆出了公司。

高倩開車直奔大豐廣場而去，為了能儘快見到林東，她也顧不了林東讓她慢開車的叮囑，一路狂飆，不到半小時就到了大豐廣場。

高倩只知道林東住在大豐廣場這一片，卻不知道他具體住哪裏，打了幾個電話無人接聽，更證實了林東出事的想法，正在茫然不知所措之時，忽然想到了之前曾在林東的手機上裝了一個軟體，那軟體具有定位功能。

高倩拿出自己的手機，打開了軟體，開啟了搜索附近好友的功能，過了一會兒，果然搜到了林東的手機。她確定了林東所在的方位和距離，開始慢慢去尋找。找了幾家院子，都說沒林東這個人，但手機上顯示林東就在附近，高倩不死心，幾經周折，終於推開了林東租住的那間小院的門。

「大媽，林東是住這個院子嗎？」

秦大媽剛從雇主家裏回來不久，正在洗衣服，見來了一個漂亮姑娘，笑道：「是啊，不過渾小子現在應該上班去了。」

高倩心中狂喜，終於讓她找到了林東住的地方，連忙問道：「他住哪間房？」

「西屋，就是你對面那間。」

高倩跑到門前，用力一推，門開了。

「林東……」一股悶熱的氣息撲面而來，高倩走了屋裏，見到林東頭髮蓬亂地躺在床上，動也不動。

「你怎麼了？」

高倩坐到床邊，木板床發出吱呀吱呀的聲音。

「倩，我眼睛看不見了。」

林東抿緊雙唇，他雖不願讓她見到自己現在的模樣，可等高倩到了跟前，心裏卻是一暖，感覺就像於汪洋中抓到了一塊船板，終於有所慰藉。

「啊？」高倩簡直不敢相信自己的耳朵，以為自己聽錯了：「怎麼可能？」

林東將昨天夜裏發生的事情告訴了她。

高倩略微沉吟了一下，催促道：「你趕緊起來，我帶你去醫院，別耽誤了治療。」

林東聽從她的安排，自己只顧沉浸在悲痛中，險些耽誤了治療的時間。

略微梳洗之後，高倩就牽著林東出了門，一路上不斷提醒他小心腳下的東西。上了車，高倩開車就往醫院去，一路上邊開車邊打電話，好像是在聯繫醫生。

「林東，我幫你聯繫了九江醫院的眼科主任，他是國內這方面的權威。還有，我幫你推了一支股票，平江水務。我不想你放棄！」

高倩的語速很快，在這關頭，她表現出來的果敢令林東自歎弗如。九江醫院是蘇城最負盛名的私立醫院，林東曾耳聞過，這家醫院是蘇城的達官顯貴們看病的首選醫院。

若非高倩，林東知道他是絕對無法請到九江醫院的主任醫師為他診斷的，想到此處，心裏充滿了對她的感激。

高倩將車停到了九江醫院的地下車庫，帶著林東乘電梯到了四樓，找到了眼科的主任醫師姜鴻敬。

「姜叔叔……」推開主任醫師的辦公室，高倩親昵地叫了一聲坐在那裏的姜鴻敬。

「我的朋友突然失明了，麻煩您給看看。」

姜鴻敬讓林東坐下睜大眼睛，做完詳細的檢查之後，又問了問失明前發生了什麼。

林東如實告訴了他。

「應該是眼睛突然遭受強光刺激而導致暫時的失明，不過從昨晚九點到現在，已經過去了十幾個小時，情況不容樂觀啊，如果不能在二十四小時之內恢復視覺，很可能就會變成永久性的失明。」

姜鴻敬有多年的臨床經驗，是這方面的權威，他說出的話每一句都是有根據的，並非危言聳聽，不過讓他感到奇怪的是，林東雙目的瞳孔中竟比常人多出兩個藍色的小點，暗淡微弱，若非仔細觀察，絕難發現。

「林東，別擔心，你只是暫時的失明，很快就會好的。」高倩安慰道。

「李醫生，你帶這位小朋友去辦住院手續。」

姜鴻敬從外面叫了一名實習醫生進來，讓他帶著高倩去辦住院手續，原本複雜的手續很快就辦好了，給林東安排的病房也是最好的，堪比五星級的酒店。這家醫院高紅軍是有股份的，林東由高倩親自帶來，自然會得到常人難以享受到的特級待遇。

病房內，林東心情低落，躺在病床上一言不發。

高倩給郭凱打了電話，說要請假幾天照顧林東，郭凱這才察覺到林東病得不輕，追問之下，才知道林東失明了，這令他非常震驚。

「林東，別擔心，你不會失明的。現在的醫學那麼發達，實在不行，我帶你去美國，重新換雙眼睛，保證你還可以看到我。」

高倩躺在林東的懷裏，輕聲安慰他。

林東甚感安慰，有個女人這樣對他，就算是瞎了，也知足了。

「倩，我怕疼，不敢去美國做移植手術。」林東笑著道。

高倩知道他心情好了很多，噗哧笑了笑，眼淚順著臉頰就流了下來，滴在林東的胸前。林東的手臂用了用力，將她緊緊擁在懷中。

也不知過了多久，聽到敲門的聲音，高倩趕緊從病床上爬起，拉開房門，郭凱帶著一幫公司的同事走進病房中，足足有二十幾人，原本空闊的病房一下子顯得狹小起來。

大家各自帶著給林東的禮物，或是水果，或是鮮花。

郭凱上前，朗聲道：「林東，這束花是溫總送你的，她百忙無暇，特意托我帶上祝福，希望你早日康復。」郭凱將手中的一束花放在床頭的櫃子上，林東雖看不見，卻聞到了一陣清香。

「代我謝謝溫總。」

林東從病床上坐了起來，接受眾人的祝福。高倩在一邊幫他接收禮物，不一會兒，就將床頭兩邊的櫃子放滿了。

「林東，你看你人緣多好，那麼多人來看你，你一定要振作，爭取早日康復啊！」

劉大頭走到前面，拍拍林東的肩膀：「林東，我已經通知周竹月取消了這周的決賽，希望與你公平一戰，這樣贏你，我不舒服。」

林東嘿嘿笑道：「大頭，你已經喪失了唯一勝我的機會，一旦我恢復光明，冠軍一定非我莫屬。」

「如果冠軍能換回你的光明，我甘願一敗。」

郭凱道：「時間不早了，大家儘早回家吧，路上開車小心，咱們抽空再來看望林東。」

「我行走不便，就不送大家了，大家的心意林東記在心裏。高倩，替我送送大夥。」

高倩把郭凱一行人送到樓下，到九江醫院的餐飲部定做了兩個人的飯菜，讓服務生七點之前送到林東的病房。

此刻，外面的天色漸漸暗了下來。

林東似乎覺得眼睛可以感應到亮光了，他將蒙在眼上的繃帶解了下來，慢慢睜開眼睛，以便讓雙目適應此時的光線。

這時，護士推門走了進來，見他解下了繃帶，笑問道：「林先生，是不是繃帶太緊，纏得頭不舒服？」

護士朝他走來，林東抬頭看了她一眼，這護士生了一雙極美的眼睛，令林東不禁多看了兩眼，忽然只覺瞳孔中似有什麼東西冒了出來，他彷彿看到了這護士心裏的想法。

「護士小姐，你急著要去看電影是嗎？」林東問道，很想知道這護士方才的想法是不是與他看到的相同。

這美女護士訝然道：「林先生，您是怎麼知道的？」

本來今晚並非她值班，偏偏同事來了例假，腹痛難忍，於是便請她代為值班。她的男友早已買好了電影票，但她又不好意思拒絕好姐妹的請求，只得放了男友鴿子。不過，她人雖在醫院，心卻飄向了電影院。

林東沒想到那麼快就恢復了光明，視力似乎比以前還好一些，心內狂喜。不過，令他難以置信的是自己竟然能看穿這護士的心思，仔細一想，又覺荒謬，心想這或許只是個巧合。

「呵呵，是我瞎猜的，沒想到竟讓我蒙對了。」

原來是林東在開玩笑，美女護士臉紅了，她見林東如此年輕，且住的是頂級的病房，心想林東必然是哪位達官顯貴家的公子，長得又那麼帥氣，若是能與之交往，說不定從此便可踏入豪門，過上人上人的生活。

她正幻想著，高倩走了進來。

「倩，他們走啦？」林東朝高倩笑道。

高倩一愣，隨即高興地跳了起來，撲進林東的懷裏。

「混蛋，你眼睛好了？」

林東點點頭：「幹嘛罵我混蛋？」

「害我擔心，你說你是不是混蛋？」

一旁的美女護士見到兩人如此親密，又見高倩如此美麗高貴，自己萬萬不及她，心一下子冷了，看來踏入豪門只是小說家的幻想。

林東看到高倩臉上殘留的淚痕，心一暖，將她擁入懷中，看著她的眼睛，忽然間，瞳孔中似乎又冒出了什麼東西，他似乎從高倩的眼睛中看到了她的心思。

「倩，你是不是在想晚飯去哪裏吃？」

高倩驚問道：「我剛才還在想呢，你好了，也就不必住院了，可我在餐廳定了飯菜了。」

林東心中震驚，怎麼恢復光明之後竟然能看穿別人的心思？不過他不願多想，他重見光明，此刻滿心正被喜悅佔據。

「不就多花一點錢嘛，走，我們出去吃。想吃什麼，我請客。」

「嗯。」

二人分頭行動，林東留在房間裏收拾東西，高倩去辦理出院手續。

不一會兒，林東抱著一大堆東西離開了醫院，足足將高倩的奧迪車後座塞得滿滿的。看著滿後座的禮物，林東心中甚是寬慰，若不是他平時誠心待人，怎麼會有那麼好的人緣？

林東坐在小院裏吹著晚風，和秦大媽、李嬸有一句沒一句地聊著天。

「小林啊，我這心裏到現在仍是過意不去，為了幫我收衣服，竟然差點害你瞎了眼。」李嬸一臉的歉意，得知這事情之後，心中一直忐忑，下班的時候，從水果店裏買了個十來斤的大西瓜給林東，希望能稍稍減輕心中的愧疚。

林東把西瓜放在冷水中浸了兩個小時，搬了一張凳子到院子裏，切好了西瓜，喊李嬸和秦大媽一起來吃瓜。

「要說我們這院子也真是奇了，這一月之內連遭兩次雷劈，第一次劈焦了梨樹，第二次差點把渾小子劈了。趕明我得請張天師來看看，是不是院子裏佈局五行相沖風水不合。」

秦大媽是個非常迷信的老人，李嬸聽了她的話，也說道：「是啊，是得找個先生來看看風水。」

林東差點把嘴裏的西瓜噴出來：「張天師？超市門前擺攤算卦的那個？那就是一個不學無術的老混蛋，專靠坑蒙拐騙謀生，你們可千萬別去找他。」

今夜仍是烏雲密佈，沒有一點星光，林東坐在李嬸的對面，隔著兩三米遠：「李嬸，你多吃點西瓜去去火，你看你臉上都冒出泡了，應該是上火了吧。」

李嬸驚問道：「小林，那麼黑你也能看見？」她的臉上剛冒出一個火泡，只有紅紅的一個小點，近看也不一定看得見，卻不料林東隔著幾步遠也能看清。

「是啊，我的視力好像比以前增強了不少，或許是因禍得福吧。」

林東手裏拿著一面巴掌大的小鏡子，在白熾燈下仔細觀察自己的眼睛。在醫院裏他從小護士和高倩的眼睛裏看到了她們的心思，這可是以前從未有過的現象，令他非常震驚，隱隱覺得那一道電光帶來的可能不僅僅是短暫的失明。

他睜大眼睛，放大瞳孔，細細尋找眼睛的變化，終於讓他捕捉到了！瞳孔多出的一點微弱的藍光，仔細一看，兩隻眼睛竟然都有。

「奇怪了，以前怎麼沒有發現瞳孔裏有個小點？」林東獨自沉吟，心裏懷疑就是藍點搞的鬼。

在他盯著小護士和高倩眼睛看的時候，明顯感覺到有什麼東西從眼球深處冒了出來。林東對著鏡子凝望，卻如何也找不到那種感覺。

或許那只是恢復光明後短暫的異樣感，林東心裏如是想。

星期二早上，林東出現了在公司，這讓許多人感到震驚，沒想到他那麼快就好了。

「林東，你好了？」許多同事見到林東，都不自禁地問了一句。

「謝謝大家關心，我沒事了。」

開完晨會，周竹月把林東和劉大頭留了下來。

「既然林東已經好了，決賽是不是該開戰了？」

「沒問題！」

林東和劉大頭異口同聲道，決賽正式開始了！

「好，既然雙方都無異議，那麼請在開盤之前將所推薦股票發送給我。還是那句話，過時不發者，視作棄權處理。」

林東和劉大江對視一眼，雙方皆從對方的眼睛裏看到了對勝利的渴望。

紀建明和崔廣才仍在搖旗吶喊，招攬更多的同事參與到這場賭局中。

林東昨夜已和玉片取得了聯繫，今早發現玉片上呈現出一座山，山有五嶺，林東便知預示的應該是五嶺礦產。

林東打開周竹月的ＱＱ，卻發現她竟不在線上，已經快到九點半了，為了安全起見，還是親自去通知她為妙。

「周助理，我把推薦的股票告訴你吧。」

林東進了周竹月的辦公室，發現周竹月正趴在辦公桌上，雙肩一抖一抖，似乎正在抽泣。

「周助理……」林東輕輕喊了她一聲。

周竹月抬起頭，擦了擦眼淚，林東居高臨下，看到她紅腫的眼睛，又察覺到眼睛裏似乎有東西正往外冒，腦子裏一下子就出現了周竹月此刻心裏的所想。

原來，周竹月的例假遲到了一個月仍未來，昨天晚上，她去藥店買了試紙，一試之下才發現自己懷孕了。她立即將這消息告訴了相處多年的男友，豈知那男人今早竟發來簡訊說要分手，並且言語十分惡毒，辱罵周竹月與其他男人有染，懷的是別人的孽種。

周竹月本想借此機會奉子成婚，豈知男友竟然如此反應，心中悲痛至極，雖在公司，仍是忍不住哭了出來。

林東沒料到世上竟有如此不負責任的男人，心中大為氣憤，脫口而出道：

「周助理，那樣的男人，不要也罷，幸好認清了他的嘴臉，否則真得貽誤終身！」

周竹月睜大了眼睛，一臉的驚恐，這事她從未跟別人說過，為何林東竟然會知道？她來不及多想，只知道千萬不能聲張，否則她的臉面往哪兒擱？

「林東，你胡說些什麼！我剛才只是肚子疼得厲害，你別胡說。」

周竹月板起臉，壓抑住心中的震驚，心想千萬不能讓林東將此事傳揚出去。

林東這才發覺自己失言，那麼丟臉的事情怎好說出來，不過看周竹月的樣子，似乎根本不存在那件事，或許真是他看錯了。幸好辦公室沒有其他人，否則林東真該自己掌嘴了。

「你推的股票呢，再不說就要開盤了。」

「五嶺礦產。」林東趕緊報出選定的股票，說完便立馬離開了周竹月的辦公室，而周竹月的心卻久久無法平靜，也不知林東是如何得知她與她男友之間的事情的，只是期望他不要出去亂說。

周竹月忍住心痛，開始忙起手頭的工作，首先便是將雙雄所推薦的股票公佈出去。

「黑馬快報：決戰首日，真是英雄所見略同，劉大江與林東兩位同事竟然都看重礦產股，前者推薦了建安鎢礦，後者推薦了五嶺礦產。誰能獨領風騷，請大家拭目以待！」

周竹月編輯好了簡訊，將消息群發了出去，只覺身心俱疲，黯然傷神，不知肚子裏的孩子該怎麼辦。

林東一大早就將買入五嶺礦產的消息發送給了一批老客戶，順帶也給張振東和左永貴發了過去。上午的時候，他帶著新買的筆電到了公司附近的一家咖啡店，那裏環境優雅，點上一杯咖啡，便可坐上半天。

打開電腦，林東查看了一下買入五嶺礦產的委託是否成功，這一看，不禁在心中叫了一聲好，竟然被他抄了個小底，在今天開盤最低價的時候買了進去。不過一個上午五嶺礦產都在震盪徘徊，股價忽高忽低，也未見起色。

中午的時候，林東接到了左永貴的電話。

「小林啊，我是老左。」

林東聽他聲音，應該是剛睡醒不久。

「左老闆，您好啊。」

「我早上醒了一會兒，買了你推薦的五嶺礦產，不過我剛才看了一下，並沒什麼起色啊？」

林東有玉片說明，自信滿滿：「左老闆，您且耐心等待，請您相信我！」

「好！」

有了上次鳳凰金融的佐證，林東無需多言，老左雖然心有憂慮，卻仍選擇相信林東的眼光。

「我找了個人去你那裏開戶，下午你幫忙接待一下，大概兩點鐘到你們營業部。」老左混了那麼多年，還是個比較講信用的人，上次說是要找個人去林東這邊開個戶頭，沒想到今天人就來了。

「好，我馬上去櫃檯門口恭候！」

掛了電話，林東一看時間，已經過了一點，收拾好電腦，就往公司走去。

林東站在公司前，老大的太陽，毒辣辣地曬在他的臉上。已經過了兩點，仍不見有人來，他想左永貴不會跟他開這種玩笑，只有在太陽下耐心等待。

又過了好一會兒，林東拿出手機看了看時間，已經是兩點半了，心想也不知左永貴派了誰過來，那麼不守時，抬頭往前方看去，一輛紅色的寶馬轎跑正駛來。

林東正猜測車裏的是誰，寶馬已在門前停了下來，女人推開車門，先是露出一截白皙圓潤的小腿，而後便探出了頭。

「林先生，沒想到我們那麼快又見面了。」

從寶馬車裏下來的女人理了理微亂的頭髮，不經意間，便展露出萬種風情，令林東不禁心神蕩漾。

「陳總！」

林東顯然未料到左永貴找來開戶的竟會是皇家王朝的副總陳美玉，吃驚不小。

「怎麼？不請我進去，難道就讓我在這太陽底下站著？」陳美玉笑道，林東才恍然大悟，趕緊將她請進室內。

辦好了開戶手續，林東將所有給客戶的資料放在一個信封裏，遞給了陳美玉。

「陳總，您以前炒過股票嗎？」

陳美玉笑道：「前幾年股市火的時候買過基金，沒有碰過股票。」

林東和她面對面坐著，看著陳美玉的臉，眼睛深處的那東西又不安分地冒了出來，不過他卻未能從陳美玉的眼睛裏看到她此刻的所想，反而覺得眼睛裏的那東西似乎遇到了什麼阻礙，極不情願地退了回去。

林東只覺眼睛一澀，而後便流出了幾滴眼淚。

陳美玉一驚：「林先生，你怎麼了？」

林東揮揮手，說道：「陳總，我沒事，估計最近盯電腦太久了，眼睛有點不舒服。我送您出去吧。」

把陳美玉送到了門口，陳美玉上了車，搖下了車窗，笑道：「林先生，歡迎你常光臨我們皇家王朝。」

林東客氣了一句：「謝謝陳總，有空一定去。」

陳美玉關上車窗，開車離去。櫃檯主管黃雅雯從林東身後經過，聽到「皇家王朝」四字，耳朵頓時豎了起來，見客戶走了，趕緊把林東拉到一邊。

「林東，你小子連皇家王朝那地方都去過啦？」

林東笑問道：「怎麼了？開了不就是讓人去的。」

黃雅雯豎起大拇指：「我告訴你，那地方可不是想去就去的，就連咱們姚副總還是托朋友才辦到的會員卡。」

姚萬成平時老喜歡在公司的年輕女同事面前吹噓，也喜歡帶著她們一起出去玩，黃雅雯就跟姚萬成去過幾次皇家王朝，深知去那地方的都不是普通人。

「你剛才看到的那客戶是在裏面工作的，有路子能把我帶進去，你想，憑我哪能去得起那地方。」

黃雅雯也不懷疑林東的話，覺得應該是如此。

拎著電腦回辦公室，在電梯裏遇見了溫欣瑤，林東主動說道：「溫總，謝謝您的花，我好了。」

溫欣瑤笑了笑，並未說話。

進了辦公室，林東打開電腦看了看五嶺礦產和建安鎢礦的情況。劉大頭所推薦的建安鎢礦今天漲了三個多點，而五嶺礦產卻沒什麼動靜，竟然以橫盤報收。林東心內暗想，去掉週一，只有四天的開市時間，今天五嶺礦產不漲不跌，看建安鎢礦的走勢，明天應該會有更大的漲幅，若五嶺礦產遲遲沒有動靜，那追上劉大頭可就難了。

林東正在看著行情，手機響了，拿起來一看，竟是李懷山打來的電話。

「李老師，您好啊。」林東客氣道。

李懷山在電話裏說道：「小林啊，我明天就要走了，你能不能來我這一趟，有點事情跟你商量。」

掛了電話，林東感到一頭霧水，這老頭會有什麼事情和他商量？

推開郭凱辦公室的門，林東道：「郭經理，我有些事情，要提早下班，跟你請個假。」

郭凱笑道：「忙你的去吧，也別寫假條了，不然還得算你半天事假。」

林東笑了笑，出了公司，來到公車站，坐上了開往清河社區的班車。在車上晃悠了一個半小時，下車後輕車熟路地直奔李懷山所在的那棟樓而去。

林東抬手敲門，李懷山開了門請他進了屋裏。

「我明天就要出國了，那院子到現在還沒賣出去，也沒時間了，小林，你願意租下嗎？」

林東正為不知道怎麼向林翔交代而犯愁，李懷山卻要將房子租給他，正好解決了他的燃眉之急，當下欣喜萬分，連忙答道：「李老師，您願意把那院子租給我，那是最好的了。」

李懷山道：「這樣吧，我這一去也不知何時才能回國，你先預交一年的房租，每月房租一千五，一共是一萬八。你看怎樣？」

李懷山的要求合情合理，即便是讓他預交兩年的房租，林東也一千個願意。

「李老師，您等著，我到社區門口的銀行把錢取來。」

林東迅速下了樓，一路狂奔到社區門口的銀行，取了錢，心裏美滋滋的，本來以為已是山窮水盡疑無路，哪知卻是柳暗花明又一村。租下了李懷山的小院，林翔開電腦維修店的問題就解決了一大半，剩下的都很好辦。

「李老師，您點點，這是一萬八千塊。」

林東把裝滿鈔票的信封放到李懷山面前，李懷山拿起信封，開始一張一張數著鈔票。

「嗯，數目沒錯。」李懷山把錢收了起來：「小林啊，租賃合同我也懶得草擬了，你若信得過我，咱就這樣定下吧。」

林東心想有合同最好，不過李懷山既然不願意簽合同，他也不多說什麼，這老頭性情古怪，惹得他不高興，一怒之下說不定不把房子租給他了。

「我當然是信得過李老師的。」

李懷山從鑰匙圈上卸下了幾把鑰匙，交給林東：

「院子你是找得到的，我就不領你去了，這幾把鑰匙你收好。院子裏的花草，你得空的話就替我打理打理。」

即將飛往異國他鄉，老人的話語中頗有些傷感。

「放心吧，李老師，等您回來的時候，花壇裏的花草一定長得比現在還好。」

李懷山笑了笑，臉上的皺紋擠到了一起，林東從他的臉上看到了爺爺般的慈祥。

「李老師，不打擾您了，若是有什麼需要出力的地方，您儘管打電話給我。我這就告辭了。」林東起身，剛想出門，卻被李懷山叫住了。

「等等，我有封信給你。」

李懷山起身進了臥室，手裏拿著一個信封走了出來，交到林東手上。

「小林啊，如果在我出國的期間，你有急事找我，就打開這個信封，裏面會告訴你怎麼聯絡我。切記，不到時候千萬別拆開信封。」

李懷山一臉的嚴肅，林東接過信封就好像接下了千斤重的東西，讓他不禁聯想到三國時劉備去東吳娶親，臨行之前，諸葛亮交給趙雲的三個錦囊，令他依計行事。

李老也是知識份子，難不成也想臨行前來個錦囊妙計？

林東把信封塞進電腦包的內袋裏，與李懷山告別，就從他家走了出來。

出了清河社區，林東趕緊給林翔撥了電話，將這好消息告訴他。

「喂，二飛子，給你開店的店面找到了，你儘快把電腦城的那份工作辭了吧，想一想把店面開起來還需要多少錢，我儘快去籌措。」

林翔激動萬分，一個勁感謝林東。

「東哥，謝謝你，你比我親哥還親。」

「嘿，讓你哥大飛聽到這話，他一定拿大耳刮子抽你。」

「東哥，鋪子裏擺兩台電腦，然後再買一些工具和元件就可以了，那些東西都便宜，我想最多萬把塊錢就能搞定。」

「好，你搬過來住吧，有三間房呢。」

林東將小院的情況說了說，林翔高興極了，終於要有自己的店了。

「東哥，你是董事長，我就是個CEO，這店的老闆是你，我就是給你打工的，你按月開工資給我就行。」林翔心想自己沒出一分錢，老闆理應是林東才對。

「嘿，你小子還懂得挺多！這樣吧，以後賺了錢，咱倆一人一半，可以嗎？」

林翔沒想到林東會分給他那麼多，哪有不同意的道理？滿心歡喜地應了下來。

第四章

黑馬大賽的冠軍

林東看了手機，還有五分鐘就到收盤時間，

雖然下午建安鎢礦開始發力，漲了百分之八，不過比起林東的漲停仍是差點。

「林東，恭喜恭喜啊……」

已經有許多同事開始恭喜林東，林東也不客氣，一一向眾人致謝。

有人大叫了一聲：「大家快看啊，建安鎢礦漲停了。」眾人驚呼聲此起彼伏。

「漲停了，漲停了……」劉大頭的擁護者們瘋狂了……

小院內，林東買了個大西瓜，切好了塊，正與一同在院內納涼的秦大媽和李嬸吃著西瓜。

連續陰了幾天的天空今天終於放晴，黑漆漆的夜空中點綴著無數亮閃閃的小星星，一個大月亮掛在樹梢上，似乎伸手可觸。

「秦大媽、李嬸，我們來做個猜謎遊戲好不好？」

秦大媽笑道：「渾小子，我和你李嬸多大年紀了，不跟你玩那個。」

林東嘿笑道：「秦大媽，我這個猜謎遊戲可不是猜謎語，而是猜你心中的想法。」

秦大媽和李嬸對視了一眼，林東提出的這個猜謎遊戲倒是新鮮。

「秦大媽，我負責猜，你們只需告訴我對或不對。如果我猜錯了，週末的時候我買菜，請你們吃，好不好？」

林東隱隱覺得經過那短暫的失明，自己的眼睛似乎比以前多了些東西，每次盯著別人的眼睛，總感覺瞳孔深處有個東西往外冒，有時還能看到別人心裏所想，這令他非常震驚，因而想拿秦大媽和李嬸做個試驗，看看他的眼睛是不是多了特異功能。

「渾小子，這可是你說的，我先來，我倒要看看你是不是生了天眼。」秦大媽移動木凳，坐到林東面前。

林東說道：「秦大媽，待會你必須看著我的眼睛，給我半分鐘的時間，我就能猜到你心中所想。」

「渾小子胡吹大氣，來吧！」

林東凝聚目力，看著秦大媽眼睛，果然，眼睛深處那不安分的東西又開始蠢蠢欲動，似乎要噴薄而出。

「渾小子，好了沒？」秦大媽眼睛睜了二十幾秒，睜得她眼睛都酸了。

「秦大媽，你今天下午與雇主家的女人吵了一架，她對你大吼，你在想這個月工資結了之後，那家的工作就不接了，是嗎？」

林東小心翼翼的把自己方才的所見說了出來，坐等秦大媽答覆。

「哎呀，媽呀！」秦大媽仰面倒了下去，手撐在地上，手中的扇子沒捏住，掉在了地上。

「大娘，怎麼了？」李嬸見秦大媽一驚一乍的，趕緊問她。

「渾小子什麼時候學會算命的，比超市門口的張天師還厲害！」

林東笑了笑，心中懸著的大石落下了一半，「秦大媽，看來我是猜對嘍？」

秦大媽擺好凳子，撿起扇子，給自己搧了幾下風，心口仍是咚咚直跳，至今仍是想不通林東是怎麼知道她和雇主吵架的。

「李嬸，該你了。」

林東讓李嬸坐到她的面前，盯著李嬸的眼睛看了足足三十秒，這一下，眼睛裏的那東西似乎安靜了下來，一動也不動，林東無法從李嬸的眼睛裏看到任何資訊。

「奇怪了，到底是怎麼回事？」

林東正在琢磨之時，李嬸笑問道：「小林啊，可以了嗎？」

林東收回心神，笑道：「可以了李嬸。」

「渾小子快說，你從你李嬸眼裏看到了什麼？」旁邊的秦大媽比誰都急，催問道。

林東搖搖頭，「我什麼也沒看見。我輸了。」

林東忽然想到了什麼，轉臉對秦大媽道：「大媽，咱倆再來一次好嗎？」

剛才他已經從秦大媽眼裏看到了她的心中所想，且當時是有東西欲從瞳孔深處冒出，而當他盯著李嬸眼睛看的時候，眼睛裏平靜如常，並無異樣，因而便無法從李嬸的眼睛裏得到資訊。

「難道那東西還挑人？」

林東心裏產生一個猜測，如果他能再一次從秦大媽眼睛裏看到她的所想，那麼

這就證實了他的猜測，眼睛裏的東西的確是會挑人

秦大媽啐了一口，笑呵呵的搬著凳子，再次坐到林東面前。

「渾小子……」

林東凝聚目力，看著秦大媽的眼睛，過了幾秒，仍未察覺到瞳孔深處的東西有所行動，那東西似乎隱匿了起來，不知所蹤，任林東如何催動，就是不見它出來。

三十秒過去，林東忽然捂住眼睛，痛哼一聲，淚如決堤之洪，刷刷流了下來。

「小林，你怎麼了……」

秦大媽和李嬸急忙問道，心中震驚，怎麼這孩子突然就這樣了？

林東擺擺手，「秦大媽、李嬸，我沒事，剛才忽然間眼睛好疼，現在已經好些了，你們不必擔心。」

「孩子，還是去醫院吧，我擔心你這眼睛是落下後遺症了。」

李嬸內心十分愧疚，催促林東趕緊去醫院。

「李嬸，我好多了，沒必要去醫院瞎花錢。」

過了許久，林東睜開眼睛，李嬸趕緊湊到近前，看著林東的眼睛，「小林，你的眼睛好紅啊，不會有事吧？」

「夜深了，秦大媽、李嬸，你們回去歇著吧，我也回屋睡了。」林東催促秦大

媽二人回屋，不想讓她們擔心。

晚上，林東躺在床上，手裏拿著鏡子，仔細的探查眼睛的變化，除了整個眼睛通紅之外，他發現瞳孔深處的兩點藍芒似乎也暗淡了不少，仔細回想這一天，瞳孔深處的那東西先後冒出過三次，早上見周竹月時冒出了一次，看到了周竹月的心事，下午接待陳美玉之時，也冒出來一次，不過那次似乎遇到了阻礙，退了回去，第三次便是晚上看秦大媽那次，這是瞳孔深處的東西最後一次冒出來。

林東現在已經可以基本確定，瞳孔深處往外冒的東西應該就是他看到的兩點藍芒。

「難道那東西也會損耗？」

林東想到方才自己強行凝聚目力，催使瞳孔中的藍芒出來，致使眼睛酸痛無比，流出許多眼淚，或許就是因為增加了藍芒的負荷所致。

「難道一天冒出三次就是它的極限？」

林東還不敢肯定這是不是藍芒的極限，他還需要更多的試驗去驗證。不過，擺在他面前的還有一個難題，便是如何讓藍芒聽他號令。

「為什麼看到陳美玉的眼睛時，明明藍芒已經冒了出來，卻又退了回去？」

林東在心裏仔細想了想陳美玉這個人，他才恍然發現，除了知道她是個漂亮的女人之外，他對這女人一所無知。她那魅惑眾生的笑容下掩藏著怎樣的心機，林東無法猜測，反而這兩次接觸下來，林東總覺得陳美玉似乎能夠看透他的心思。

論社會經歷，陳美玉出來打拚十幾年，什麼事情沒有經歷過？論閱人的經驗，陳美玉結交的人三教九流，上到市裏領導，下到街頭小混混，什麼樣的人她沒見過？而林東只是個初入社會的大學生……

這一比較，林東就發現了差距所在，也就不奇怪為什麼會有在陳美玉的眼下無所遁形的感覺。

「我無法看穿她的心思，是因為這女人將自己隱藏太深和我閱歷淺薄的緣故，終有一天，我要她在我眼中無所遁形。」

黑暗中，林東笑了笑，有了這雙能查看他人心思的眼睛，對他絕對是有利無害。也不知積了幾輩子的德，老天竟然對他如此眷顧，讓他先後得到了能預言的玉片和會讀心的眼睛。

「林東，天賜異能於你，你可要好好珍惜啊……」

林東自言自語地說道，摸著胸口的玉片，很快便睡著了，做了個美美的夢。

週三早上，林東一早起來之後，第一件事就是抓過鏡子，看看瞳孔深處的藍芒有沒有變化。仔細看了看，似乎恢復了元氣，藍色的光芒又恢復到了從前的亮度。

「果然是用它過度了，也不知這東西會不會越用越弱，如果真是那樣，我又如何給它補充能量呢？」

帶著一肚子的問題，林東來到了公司。他刻意避開別人的眼睛，在沒學會如何控制藍芒之前，他決定讓那傢伙暫時安分一下，他可不想看到不該看的東西。

一大早，郭凱就找到了林東。

「林東，你昨天走得早，我也是後來才看到報表，你猜猜，你昨天的客戶進了多少資產？」

林東知道左永貴有錢，不過倒是沒期望他能放多少錢進來。

「小七位數吧。」林東說出了自己的猜測。

郭凱搖搖頭，掩飾不住內心的興奮：「小八位數。」他雖極力壓制自己的聲音，卻仍是讓人聽出了他心中的激動與興奮。

林東一愣：「一千萬？」

郭凱鄭重地點點頭：「對，就是一千萬。」

「林東，再這樣下去，你快成咱們營業部的一哥了。」紀建明等人紛紛起哄，讓林東請客吃飯。

郭凱指著高倩和林東：「你倆今年的表現驚人，總部經紀業務部昨天下發了全系統今年的新增排名，高倩排名第十六位，林東排名第七位。」

「郭經理，今年總部安排了去哪裏旅遊啊？」

營業部的老同事都知道，總部經紀業務部既然下發了排名，就意味著榜上有名的同事將會獲得一次為期一周免費旅遊的機會。

「雲南。這個週末去總部集合，下週一出發。小林、小高，你倆回去準備吧。」

林東和高倩對視一眼，都很期待這次雲南七日遊。

「度蜜周嘍……」紀建明和崔廣才等人開始起哄。

「停盤？」

過了開盤時間，林東這才發現五嶺礦產竟然停盤了。這幾天他太忙了，忙到忘了關注股票的相關資訊，一時間也不知為什麼會停盤。

按下F10，林東點了下公告，這才知道是有重大消息要披露，故停盤一小時。

看到劉大頭推薦的建安鎢礦漲勢喜人，林東只能坐著乾著急。建安鎢礦二季報剛出來幾天，公司今年業績有很大幅度的增長，因而受到投資者的追捧。劉大頭正是看準了這點，綜合建安鎢礦近期的走勢，這才推薦了這股票。

「待會應該就會有重大利好消息公佈吧，到時候五嶺礦產的股價一定會有大幅的飆升。」

林東相信玉片的預言不會有錯，因而才有此判斷。

早上發完了諮詢，林東拿起電話，給左永貴撥了過去。

「左老闆，感謝您支持我的工作啊。」

老左今天起得很早，昨晚沒趴在女人肚皮上折騰，所以一大早便起來了，正在吃早餐。

「小林，那一千萬不是我一個人的，有陳美玉一半，她說也想學炒股，你有時間把資訊也發給她，教教她怎麼炒股。」老左咬了一口湯包，湯汁濺到臉上，燙得他直哆嗦。

「好的，這事包在我身上。」

左永貴似乎想起了什麼，忙問道：「小林，五嶺礦產怎麼停盤了？」

林東以不容置疑的語氣說道：「有重大利好消息要公佈，請左老闆放心。」

掛了電話，林東打開客戶管理系統，找出陳美玉開戶時預留下來的手機號碼，看了一下時間，估計她們這種在夜店上班的應該還在睡覺，也就沒有打過去，只發了一條致謝的簡訊。

林東提著電腦出了公司，剛走到樓下，就接到了林翔的電話。

「東哥，電腦城的工作我今早辭了，行李也收拾好了，打算今天就搬過去，你看行嗎？」想到即將擁有屬於自己的店面，林翔激動得一夜未睡。

林東心想下周要去雲南旅遊，林翔開店的事情最好在這周就辦好，便說道：「好啊，我也想你儘快過來。」

林翔在電話裏吞吞吐吐，好似有什麼事情要說。

「東哥，我一起來蘇州打工的技校同學，就是咱們鄰村的，我能不能把他帶上，他修電腦的手藝很好的。」

聽到林翔樂於幫助朋友，林東心裏很高興，他本沒打算在電腦維修店上賺錢，多一人少一人也無所謂，何況是幫助老家的鄉親，他自然是願意的。

「好，你帶他來吧。我只拿利潤的百分之四十，剩下的百分之六十，隨你跟他怎麼分。」

「謝謝東哥，他就在我這邊，我倆現在就過去，是大豐新村對嗎？」

「對，你們下車後，我去接你們。」

掛了電話，林東趕緊往附近的公車站走去，林翔已經出發了，說不定趕在他前面就到了。

在車上晃蕩了近兩個小時，林東跳下車，等了不到五分鐘，林翔就到了。

「東哥。」跟在林翔後面的男孩十七八歲左右，臉上的一道疤痕特別醒目。

林東注意到他下車之後先是往兩邊瞄了兩眼，這才往正前方看去。林東在大學裏對心理學特別感興趣，曾經選修過心理學，知道他這不經意間表現出來的習慣性動作證明他警覺性很高。

林東微微蹙眉，見到林翔帶來的人之後，隱隱覺得這人有點特別。

「走吧。」

林東帶著林翔二人往李懷山的小院走去，到了院門口，指著門前的馬路和對面的大豐廣場：「這條馬路是出入大豐廣場的主幹道，每天過往的行人特別多，所以店開在這裏，不愁沒人看得到。你們要想的就是如何把招牌打出去。」

推開院門，林東簡單介紹了小院的情況。

「二飛子，就這三間屋子，你看哪間作為店面比較好？」

林翔沉吟了片刻，說道：「堂屋正對著門，我想應該把堂屋作為店面，這樣有客人光顧的話，我們一眼就能看到，同時，客人也能一眼看到我們。」

林東想了想，林翔的提議非常好，堂屋作為店面應該是最好的選擇。

「那你倆就把東邊這間屋子收拾出來，作為睡覺的地方，堂屋就做店面吧。」

林東從包裏掏出一萬五千塊錢，遞給了林翔：「這是一萬五，夠把店開起來嗎？」

林翔拿著錢的手在發抖，他這輩子還是第一次看到那麼多現金：「夠了，東哥，綽綽有餘。」

林翔把錢收好，拍拍旁邊那男孩的肩膀，這男孩身材魁梧，身材比林東略微高點，但看上去比林東壯實很多，肩寬胳膊粗。

「我這兄弟叫劉強，是咱們鄰村劉家村的，和我從小學就是同學，從小到大的兄弟。」

「東哥，你好，我就是劉強，你叫我強子就好。」

林東點點頭，問道：「強子，我聽二飛子說你倆是一起來蘇城打工的，你以前是幹什麼的？」

劉強頭一低，沉默了半晌。

林翔急了，喝道：「強子，跟東哥還不說實話？說出來，你那事不丟人。」

劉強鼓足勇氣，抬起頭來：「東哥，我到這之後不學好，跟了混混……」

他把到蘇城之後發生的事情告訴了林東，原來這劉強也是個老實的孩子，到了蘇城不久，他媽得了大病，需要錢做手術。劉強是個孝順的兒子，無處籌措手術費，聽說去酒吧看場子一天能掙兩三百塊，便去酒吧應聘，老闆見他高大結實，就把他留下了。

後來，劉強漸漸接觸了一些道上的混混，整天與他們在一起，聽他們說幫著砍人一次至少能掙幾千，心裏就有了想法。不久之後，正好有個機會，有個大哥想要收拾一人，劉強自告奮勇，大哥答應他事成之後給他一萬塊錢。

幾天之後，得知那人晚上會去某個酒吧，劉強帶上了刀，埋伏在酒吧外面，直到深夜，那人才從酒吧裏出來，孤身一人，走路歪歪扭扭的，顯然已經喝醉了。

劉強心裏害怕，拿著砍刀的手直哆嗦，但想到家裏患病的母親急等著錢做手術，一咬牙衝了出去。那人剛拉開車門，被後面衝過來的劉強一把按在車門上。劉強當時腦子裏一片空白，在那人背上胡亂砍了幾刀，撒腿就跑。

那人喝得醉醺醺的，連劉強的臉都沒看著，也不知被誰砍了，後來這事也就不了了之，那人在醫院住了個把月，出來後也不知找誰報仇。

請他辦事的大哥見劉強事情辦得漂亮，多給了劉強兩千塊錢，還把他帶在自己的身邊，安排劉強去他手上的一個賭場維持秩序，每天給他三四百塊錢。劉強把錢匯到家裏，母親做了手術，身體很快恢復了健康。

劉強本是個老實本分的人，自從母親康復之後，他就不想再混下去了，想找一份正經的工作，哪怕收入低點，不過他的大哥不放他走。

前不久，大哥遭人暗算，被打成植物人，樹倒猢猻散，他手下的兄弟也都相繼轉投別人去了，劉強趁機擺脫了道上這些人。

他找到好兄弟林翔，林翔就把將要開電腦維修店的事情告訴了他，讓他過來幫忙，劉強想也不想就答應了。

林東聽完了劉強的這段經歷，長歎了口氣：「強子，你真不容易啊，哥敬佩你。」

劉強傻笑了幾下：「東哥，現在一切都好了，我又能過上安穩的日子，這比啥都強。對了，東哥，你爸爸是林大爺吧，我是劉老三的兒子啊。」

劉老三和林父都是泥瓦匠，二人在一起蓋房子，相識多年，是很好的朋友。

自從劉強上學起，劉老三就一直在他耳邊叨叨，說林大爺家的東子有多好，學習多麼用功，希望兒子爭氣，向林東學習，好好讀書，爭取考上大學。

「強子，你就是劉叔的兒子啊，你很小的時候，劉叔抱著你到我家串門子，你看到我的彈弓，搶了過去，死都不肯放手，為此還被我揍了一頓，你還記不記得？」

劉強和林東哈哈一笑，知道劉強的這段經歷之後，林東也就放心了。

「好了，二飛子、強子，你們兩個儘快把店開起來，我下星期要出去一趟，一周都不在蘇城。不說了，我回公司了。」

林翔和劉強把林東送到門外，二人盤算了一下，今天先把房子收拾出來，明天再去把電腦、維修工具和元件買好，那樣店就算開起來了。

「東哥，等等……」

「怎麼啦，還有啥事？」林東轉身問道。

「咱這店還沒有名字呢，你給起一個吧。」

林東朝他二人看了一眼，說道：「就叫翔強快修吧，到時候你倆做個招牌，上面標明修電腦、裝軟體、重裝系統啥的，這個你們比我清楚。」

林翔和劉強都很高興，一個勁兒說這名字好，囊括了他倆的名字，聽著都覺得親切無比。

林東上了公車，這才想起五嶺礦產已經復盤了，趕緊掏出手機，打開手機炒股軟體觀看。

「漲停！」

看到那一條直挺挺的紅線，林東不禁握緊了拳頭，若是車上沒人，他真想振臂大呼一聲。

「看看五嶺礦產放出了什麼重大利好消息。」

林東熟練地操作手中的手機，十幾秒之後，就看到了公佈出來的消息。

原來，五嶺礦產幾年前低價收購的一座礦山被，探查出蘊含豐富的稀有金屬稀土，股民們紛紛預計這家公司今年的業績會翻番，從而掀起了狂熱的追捧，遊資紛紛進入，直接將股價拉到了漲停。

「又有得賺了。」林東將手機收到口袋裏，欣喜萬分。過了不久，就接到了張大爺的電話。

「小林，你神了！大夥跟著你，賺大錢嘍……」

掛了電話，簡訊來個不停，是老錢等人發來的，都是感謝的資訊，趙有才還在簡訊裏說過陣子要請林東吃飯，希望他一定賞臉。

林東將簡訊一一回覆，這些人都是他積累的人脈，必須好好維護，日後無論走到哪裏，或許都能用得著。

下了車，電話響了，林東一看，是陳美玉打來的。

「林先生，我是美玉啊。」陳美玉的聲音嗲得膩人，偏偏又充滿媚惑。

「陳總，您好，早上本該電話跟您致謝的，後來想到您可能還在休息，就發了簡訊過去，請您別見怪。」

陳美玉笑道：「林先生，您真是客氣。我有個問題想諮詢您，左總說您推薦了五嶺礦產，我剛才下單了，怎麼遲遲還未成交啊？我第一次弄股票，什麼都不懂，您可不可以教我啊？」

林東心想哪個男人受得了這種聲音，真是膩死人不償命！

「陳總，您太客氣了，您是我的客戶，指導您是我分內的職責。嗯，因為五嶺礦產出來了重大利好消息，所以遭到投資者瘋搶，被大單封上了漲停板，按照時間優先的規則，您可能排在了後面，必須等排在您前面的人全部成交了，才能輪得到您。不過照我看來，您還是撤單吧，幾乎無人拋售股票，所以您成交的機率微乎其微。」

陳美玉是個聰明的女人，林東一解釋，她全明白了。

「哦，原來是這樣啊。林先生，那我就撤單吧，您能不能推薦其他股票？」

「不好意思，陳總，我目前只看好了這支。這樣吧，等到下次推薦股票的時候，我第一時間通知您，好嗎？」

「好的。改天請您到家裏來，在股票面前，我就像是一張白紙，什麼都不懂，希望您能抽空給我補補課。」

林東應了下來，心裏卻冷冷一笑，陳美玉若是白紙，這天下哪還有被塗抹過的紙張？不過像她這樣的客戶，只要服務好了，必定能挖掘出豐富的資源，所以林東還是比較重視陳美玉的，若她要求不過分，就該滿足她。

「周竹月割腕自殺了……」

林東剛回到公司，就聽到許多同事在低聲議論，心想難怪他推薦的五嶺礦產漲停，卻沒收到周竹月群發的盤中播報，原來竟出了這事。

「我聽小梅說，她今早去醫院給婆婆送衣服，看到了周竹月的父母，一問之下，這才知道這妮子竟然做了傻事。」

「紅姐，到底是為什麼呀？」

「聽說是遭男朋友拋棄了，她那男朋友我見過，超有錢，以前開一輛寶馬在公司樓下等周竹月的。」

「哼，又是個玩弄感情的混蛋富二代，我真替周姐不值。」

自從得到玉片，林東便擁有了超乎常人的聽力，三個女人之間的小聲議論全部被他聽入耳中，心想昨天他在周竹月眼中看到的資訊全部都是真的，既為周竹月感到不值，同時又為擁有了一雙能讀心的眼睛而興奮。

目前周竹月的事情已經在公司議論紛紛了，難免傳得沸沸揚揚，林東擔心周竹月回來之後會怪罪於他，以為是他將這事情散播了出去，那就糟了，林東就算是跳進黃河也洗不清啊。

「事物有利就有弊，看來我這雙會讀心的眼睛也會惹事啊。」

林東大為苦惱，這雙眼睛還沒給他帶來一點好處，倒是先給他惹來了麻煩。

在公司坐到吃午飯的時間，林東就去樓下的食堂吃飯。打完菜，正埋頭猛吃，鼻子裏忽然嗅到一陣香氣。

「我能坐在這裏嗎？」

林東抬頭一看，又是溫欣瑤，總共沒來過幾次食堂，怎麼每次都遇到她？

「溫總，您請坐。」

溫欣瑤在林東對面坐了下來，她吃的很少很素，連米飯都沒要。

「林東，跟著你的客戶最近都賺了不少啊，你挺厲害啊。」

溫欣瑤冷不防誇了林東一句，林東一時很不習慣，只覺對方似乎話中有話。

「是啊，我的客戶一般都是老股民，那麼多年了，經驗都比較豐富。」林東搪塞了一句，話一出口，就覺對面射來兩道寒光。

林東一抬頭，就見溫欣瑤正冷冷看著他。

「那麼多人同買同賣一支股票，怎麼會那麼巧合？不會都是你在操作這些帳戶吧？林東，你是知道的，從業人員是禁止炒股的，況且你也不是投顧，沒有代客理財的資格。」

林東心一沉，溫欣瑤連恐帶嚇的，她這是要幹嘛？揭發我？開除我？千萬沉住氣，別不打自招了。

「溫總，原來不止我一個人關心我的客戶啊。」林東開了一句玩笑。

溫欣瑤不再兜圈子了：「林東，公司始終秉持唯才是舉的理念，你有能力，理應被安排到更發揮你才能的崗位，我有這個打算，不過我看不到你的誠意。」

林東這才知道原來溫欣瑤早就盯上了他，一直關注著他，按她的意思，似乎是想把他提拔為投顧，那樣的話，他的底薪將會翻好幾倍，每個月底薪就會有將近一萬塊。

近萬元的底薪，這是林東一個月之前想都不敢想像的數字。

「溫總，我承認，我是對我的客戶做了一些指導，不過我沒有操縱客戶的帳戶，不存在違規問題。」林東避重就輕，溫欣瑤是聰明人，聽懂了他的意思。林東雖未直接承認自己有多強的能力，不過有些話點到為止，無需說得太透，至於溫欣瑤會不會提升他，林東並不太關心，就目前來看，近萬元的底薪對他誘惑不大。

「林東，好好幹。」溫欣瑤撂下這句玩味的話，就端著餐盤走了。

林東吃完午飯，回到辦公室看了看盤。劉大頭的建安鎢礦同樣漲勢兇猛，今天上午飆升了百分之七，整個資源板塊表現搶眼，牛股頻現。

林東心想他是靠著玉片才能選到牛股的，而劉大頭則完全是靠自己的能力，若是沒有玉片，林東壓根沒有半份贏他的把握。

「若論真才實學，劉大頭勝我太多，絕對是個不可多得的人才……」惺惺相惜，林東心裏泛起愛才之心。

「大頭，對不住了，我一定要拿到冠軍。」

出於對勝利的渴望，不論過程中採用何種手段，都是為了那最後的獎盃。

下午的時候，郭凱走進辦公室。

「耽誤大家一點時間，周助理身體不適，請了幾天假，她不在的這幾天就由我來履行拓展部助理的工作，如有事情，可到辦公室找我。」

眾人面面相覷，這才相信周竹月是真的出事了。

「好好的一個女孩，怎麼就被那麼個畜生禍害了……」

「也怨不得別人，誰讓她想嫁入豪門呢？」

林東聽到兩種聲音，有同情，也有斥責。

下午收盤後，眾人收到了郭凱群發的飛信：精彩，真是精彩！雙雄對決，火爆異常！今天，林東推薦的五嶺礦產一字漲停，而劉大江推薦的建安鎢礦也不甘示弱，暴漲百分之八。綜合兩天的收益，目前由劉大江暫時領跑。戰況焦灼，不到最後，勝負難分吶。

下班後，林東回到大豐廣場，沒有直接回家，而是到了李懷山的小院。

「二飛子、強子，忙著呢。」

林翔和劉強正在堂屋組裝電腦，二人見林飛進來，趕緊找凳子給他坐。

「東哥，這屋子挺乾淨的，我和強子沒花多少時間就收拾好了，一看時間還早，就去了一趟電腦城，把該置辦的東西都買了回來，咱明天就可以開業了。」

林翔和劉強忙得熱火朝天，二人臉上掛著汗珠，卻絲毫不見疲態。

「那敢情好啊，早開張早賺錢。」

「招牌我們也去附近那家印刷店裏定做了，明天就能好。東哥，出力氣的事情咱行，動腦筋咱不行，你給想想，怎樣把咱這店宣傳出去？」

林東想起大學的時候，作為物理系的學生，他們會時不時的在校園裏搞一個義務維修活動，免費幫在校的學生修修臺燈、收音機、手電筒和電腦什麼的。每次舉辦這樣的活動，場面都非常火爆。

「你們明天可以搞一個電腦免費問診的活動，豎一個牌子，打出標語，我估計會有不少人感興趣，這倒是一條迅速積攢人氣的好方法，你們可以試試。」

林翔和劉強拍手稱讚，都覺得林東的主意不錯。

「平了！」

週四，黑馬大賽決賽周的第三天，林東推薦的五嶺礦產繼續漲停，而劉大頭推薦的建安鎢礦也不落人後，繼續暴漲。綜合三天的收益，二人目前戰成了平手。

剛一收盤，眾人就收到了郭凱群發過來的飛信：平局！林東再次延續了屬於他的奇蹟，連續兩天的漲停，五嶺礦產能走多遠？你是否與我一樣期待呢？衛冕冠軍同樣實力不俗，他能否延續輝煌？一切都將在明天揭曉。

林東暗自慶幸，若是五嶺礦產晚一天公佈利好消息，他估計就要倒在劉大頭腳下了。經過兩天的漲停，林東終於把前期的劣勢扳了回來，照這走勢，五嶺礦產明天繼續漲停是很有可能的事。

「大頭，明天我就要從你手中接過黑馬王的桂冠了。」

林東有點興奮，不是為了獎金，而是為了那人人都想得到的榮譽。

佛爭一炷香，人爭一口氣，這一直是林東遵行的不悔宗旨。

「大家安靜一下，剛才接到溫總通知，明天魏總在公司後面的百味魚館宴請全體同事，一來為即將誕生的新一代黑馬王頒獎，二來為林東和高倩踐行，希望屆時所有人都能到場。」

郭凱走進辦公室，為同事們帶來了好消息。

「好耶！又有大餐吃嘍……」

林東收拾東西下了班，上了公車之後不久，收到了一條陌生號碼的簡訊。

「明晚你有時間嗎？」

林東回了一條，問道：「請問你是哪位？」

對方很快就回了過來：「蕭。」

蕭蓉蓉？林東知道蕭蓉蓉找他必然是為了報上次那一醉之仇，他是打心眼裏怕和她喝酒，如果不倒下一個，蕭蓉蓉是絕對不會甘休的。

「大美女啊，不好意思，明晚公司有活動，咱們下次再約吧。」林東回絕了蕭蓉蓉。

蕭蓉蓉是個高傲的女人，沒想到林東居然拒絕了她，若是換了別人，盼都盼不來的事情，他竟然拒絕了。蕭蓉蓉百思不得其解，不由得心生怒火，重重地把手機拍在辦公桌上，震得她手掌發麻。

「什麼東西！」她在心裏冷冷哼了一句，心裏發誓再也不去聯繫這個人。

今天是黑馬大賽的最後一天，也是決定勝負的最後時刻。眾人分成兩派，加入了不同的陣營。彼此之間竟然為了爭論誰輸誰贏而紅了臉，兩派之間，勢同水火。

這令林東和劉大頭備感煩惱。

早上晨會的時候，劉大頭進來的時候，只有林東旁邊還有空位，他毫不遲疑地坐到了林東旁邊。

「兄弟，氣氛不對勁啊。」劉大頭低聲傳音給林東。

「咱倆親如兄弟，而支持咱倆的人，卻弄得跟仇人似的，這可怎麼辦？」

劉大頭苦笑道：「沒辦法，咱倆千萬別去摻和，等結果一出來，保準天下太平，各方相安無事。」

林東點點頭，雙方之所以爭執不下，就是因為結果未出，一旦塵埃落定，也就沒什麼可爭論的了。

開完晨會，林東回到辦公室，看到徐立仁坐在那裏。

「立仁，你傷好啦？」林東主動和徐立仁打了聲招呼。

徐立仁陰著臉：「你是不是希望我永遠好不了？」

紀建明見徐立仁這樣子，心知這傢伙是存心來挑事的，趕緊出面調停：「立仁，大家都是盼你好，你別瞎想。」

徐立仁冷冷一笑，林東害他被陳飛一頓狠揍，他是絕不會善罷干休的。

「等著吧！林東，就快到了跟你說再見的時候了。」

時間已經過了十點，拓展部的所有同事竟然沒有一個人離開公司，大家都在盯著電腦，時刻關注雙雄決戰的狀況。

林東推薦的五嶺礦產依舊是開盤即漲停，而劉大江推薦的建安鎢礦卻比較低迷，開盤漲了四個點之後就一直在附近震盪，沒出現繼續上揚的攻勢。

「完了，大頭要輸了……」

支持劉大頭的同事垂頭喪氣，表現出低迷的情緒。

而支持林東的同事則個個鬥志昂揚，似乎看林東拿冠軍比自己奪冠還開心。只有一個人，漠不關心周圍的一切，低頭玩著手機。

徐立仁在手機上玩著切水果的遊戲，目光冰冷，手指每劃動一下，似乎都用了極大的力氣，只劃得他手指發燙，仍在繼續，他多希望螢幕裏的水果就是那個傢伙，那樣他就可以將他隨意切成兩半。

最終的勝利即將屬於他，林東按捺住心中的激動，默不作聲地工作，處理完每日的例行公事，就去一樓的散戶大廳轉了一圈，和張大爺等人聊聊天，聽他們說說老年俱樂部的事情，沒想到當初他的隨口一說，張大爺他們竟然真的照辦了，並且辦得有模有樣，影響力越來越大，吸引了越來越多的老年人參與到其中。

中午，林東和高倩在外面隨便吃了點東西，兩人談起即將到來的旅行，都是一臉的興奮。

「倩，這趟旅行其實是我請你的。」

高倩噘著嘴，問道：「憑什麼？」

「這次全系統一共有二十名同事參加旅行，你排在第十六位，只比第二十名多了兩百萬，如果不是我分了你一些客戶，就沒你的份了。」

高倩指了指放在旁邊座位上的幾袋衣服：「林東，你別得了便宜賣乖，瞧見沒有，這兩身衣服，夠玩兩趟雲南的了。」

林東笑道：「別急啊，我不是那個意思，其實我本就想抽空找個好地方，然後帶著你去玩幾天，不過一直都沒有時間，幸好有公司組織的這次旅行，稍微彌補我心中的缺憾。等到年底，我們請假，我帶你去爬雪山，在雪山上看日出。」

高倩明白林東為什麼說等到年底，想到父親和林東的賭約，她的心情就低落了下來。

吃完東西，林東回公司，高倩則開車去拜訪客戶。

到了公司，林東屁股還未坐穩，就接到了張振東的電話。

「小林啊，到行裏來一趟吧。」

林東掛了電話，就直奔張振東的銀行去了。到了那裏，看到張振東的辦公室有個三十歲左右的女人，林東本想迴避，卻見張振東朝他招手。

「張行長，有客人啊，要不您先忙，我等會好了。」

張振東笑道：「這哪是我的客人啊，這是我老婆。小林，你帶她去海安把戶轉到你名下，跟著你能賺錢。」

張振東是個謹慎的人，一直都有留心林東發給他的簡訊，不過他並未跟著買賣。觀察了幾次之後，他發現林東買賣點都踩得很準，更重要的是他所選的股票，無一不是某個時期內最牛的股票。

張振東眼紅了，他也想從股市裏撈一把，玩股票那麼多年，賺少賠多，他一直不甘心就那麼算了。但他也是做業務出身，知道只有對待自己的客戶才會負責，所以讓林東帶著自己的老婆去轉戶，為的就是能讓林東日後盡心盡力地服務她。

張振東的老婆名叫顧曉蘭，相貌中等，不過脾氣暴躁。她開車帶著林東去海安的營業部，在車上，林東和她聊了幾句，趁機從她的眼睛裏讀出了些資訊。原來，張振東已經半年沒和顧曉蘭有過夫妻生活了，難怪顧曉蘭見到林東那麼熱情，敢情她是個缺「愛」的女人。

轉戶過程十分順利，一天就辦了下來。林東帶著顧曉蘭去元和的櫃檯開了戶，戶開好之後，林東將顧曉蘭送到停車場。

顧曉蘭上車時故意撩起裙子，露出雪白大腿，她搖下車窗，將林東叫了過去。

「小林啊，我們家老張經常不在家，工作忙，家裏的電燈壞了好幾個了，我又不會修，等你有空了，能麻煩去我家把燈泡換了嗎？」

顧曉蘭的眼睛裏露出媚色，林東從她眼睛裏看到了寂寞與仇恨。他定了定心，對顧曉蘭點點頭，不過這只是客套一下，顧曉蘭的家他是絕對不會去的。顧曉蘭知道張振東在外面花天酒地，已經半年沒交公糧，她實在很需要一個人來填補空虛的心靈，可惜她找錯了人。

顧曉蘭走後，林東歎息一聲，心想種什麼因結什麼果，張振東在外面玩女人，照這樣下去，顧曉蘭用不了多久就會給他頭上扣頂綠帽子。

「要不要提醒張振東？」畢竟張振東對林東還算不錯，但林東轉念一想，這話根本開不了口，心想算了，他們兩口子的事情我瞎攪和幹嘛？

回到辦公室，林東看了看手機，還有五分鐘就到收盤時間，雖然下午建安鎢礦開始發力，漲了百分之八，不過比起林東的漲停仍是差點。

「林東，恭喜恭喜啊……」

已經有許多同事開始恭喜林東，林東也不客氣，一一向眾人致謝。

忽然有人大叫了一聲：「大家快看啊，建安鎢礦漲停了。」

眾人紛紛回到座位上，驚呼聲此起彼伏。

「漲停了，漲停了……」劉大頭的擁護者們瘋狂了……

第五章

甘做基層的奇人

馮士元十四年前就進了元和，自從那年起，他每年都排在經紀業務部排行榜上的第一位，業務能力非常之強。以他的能力，如果他願意，現在早就是營業部的負責人了，可馮士元偏偏不喜歡做領導，誰要給他升職他就跟誰急，就甘於做底層的業務員。

「真是奇人吶。」

林東不禁發出一聲感歎，心想：元和證券藏龍臥虎，竟還藏了位奇人。

聽完郭凱的彙報，老總魏國民一皺眉頭，似乎不敢相信這個結果，只是過了短短的幾秒鐘，他的眉頭就舒解了開來，臉上浮現出笑容。

元和每年都會舉辦一次黑馬大賽，不過還從未出現戰平的結局。

郭凱問道：「魏總，您看接下來是不是要多賽一場？」

魏國民搖搖頭：「不必了，之前定下的賽程就是四個星期，能有現在的雙贏局面，我很滿意。今晚的晚宴照舊，我會出席並頒獎。」

郭凱苦笑：「魏總，冠軍有兩個，可只準備了一個獎盃，現在這個點，已經沒時間去再做一個獎盃了。」

魏國民手指緩緩敲擊著桌面，心想這倒是個問題。他略微想了一會兒，說道：「沒事，一個就一個吧，今晚讓他們兩人同時上台舉杯，你現在就去再定做一個，等到下周再把獎盃發給他們。」

郭凱想了想，魏國民的方法可行，點點頭：「就按魏總的吩咐，我出去了。」

百味魚館在元和證券所在大廈後面的一條街上，步行過去最多十分鐘。

林東和劉大頭走在隊伍的最後面，看著前面分成兩派的同事仍在爭論孰強孰弱，二人不禁搖頭苦笑。

「大頭，我真服了你了，最後三分鐘被你扳平了。」

林東對劉大頭豎起大拇指，他靠玉片的預言能力才選到了這支牛股，而劉大頭則完全是憑真本事選股，對比之下，劉大頭的實力讓林東自歎不如。

劉大頭搖了搖頭：「林東，我不如你。如果論起四周來的累計收益，你是絕對的第一。還有在選股方面，你也強我很多，每週都能選到當期最牛的牛股，我想蘇城這個地方，應該沒有人能夠做得到。不過話說回來，我倒是很想向你小子討教，你到底是怎麼選股的？」

林東最怕別人問這個問題，偏偏劉大頭就問了。

「哦，大頭，其實我選股真是沒什麼標準的，只能說是我運氣較好，每次都讓我選到了牛股。」

這話聽在任何人耳朵裏都是搪塞之言，劉大頭卻也不生氣，心想每個人都有自己壓箱底不肯示人的絕活，林東不坦誠相告也情有可原。

「你小子運氣那麼好，幹嗎不去買彩票？」

林東笑道：「經你一提醒，我發現真是應該去買。咦，前面就有個投注站……」

到了百味魚館，看到包廳的門外面貼了一張紅紙，紅紙上寫著每個人的桌號。

林東看了一眼，他是五號桌，他這批進公司的新人都被分到了那一桌。

老總魏國民在將近七點鐘的時候才到，眾人早已餓得饑腸轆轆，盼他盼得望眼欲穿了。

「大家都到齊了吧，那就上菜吧。」

魏國民的頭頂懸著一個大燈，將他頭頂的「地中海」照得光亮耀眼。

服務生開始傳菜，一道道香氣四溢的菜擺上了桌，眾人只等魏國民一聲令下，就要大快朵頤。

「大家先別著急吃，我說兩句。」魏國民拿著話筒。

「今年我們公司湧現出許多非常優秀的新同事，他們做出了成績，就該得到獎勵。下面請林東、高倩上台，大家歡迎。」

掌聲雷動。

林東和高倩走到台上，站在魏國民的右側。魏國民是認識高倩的，知道這女孩家裏有些背景，而林東還是第一次近距離接觸。

「小林和小高今年成績突出，在總部經紀業務部的排名中分別位列第七和第十六位，同時有兩位同事打進前二十名，這是我們蘇城營業部有史以來最輝煌的戰績。他們下周即將和全系統的精英們一起去雲南旅遊了，公司為他們訂好了去總部的機票。」

魏國民說到這裏頓了頓，財務孫大姐立即將兩張機票遞到他的手裏。

「小林、小高，這是你們的機票，收好了。」魏國民分別將機票派送到林東和高倩的手裏。

「按照咱們營業部的慣例，進入前二十排名的同事，都會獎勵一萬元現金，這就不發到工資卡裏了，直接當面給，給大家免了稅收。」

孫大姐遞上了兩個紅色信封，魏國民放緩了動作，慢慢遞給了林東和高倩，電腦部的吳磊拿著相機拍下了這一幕，下面響起了一陣陣掌聲。

「林東，親一個……」

也不知是誰率先發出的提議，立即引得眾人附和，紛紛跟在後面催促。

「林東，親一個……」

林東和高倩的關係在公司已經不是秘密。

魏國民略微有些驚訝，心想這窮小子本事不小，泡到大小姐了。不過他並不作聲，樂呵呵地站在一旁看熱鬧。

「要你親，你就來吧。」

還是高倩放得開，聽了她這話，林東仍覺得在眾人面前親吻很不自在，紅著臉，在高倩的臉頰上蜻蜓點水地吻了一下。

「高倩，親一個……」

眾人還是不肯放過他們，高倩倒是很放得開，踮起腳尖，大大方方地在林東的臉上留下了一個唇印。

徐立仁坐在那裏，眼球都快瞪爆了，氣得渾身直哆嗦，手上用力，筷子「咔嚓」一聲斷成兩截。

「服務員，給我換雙筷子！」徐立仁朝站在桌旁的女服務生大吼一聲，女服務生見他兇神惡煞的樣子，嚇得直冒冷汗。

郭凱接過了話筒：「下面有請魏總為在黑馬大賽中表現優異的同事頒發獎狀與獎金。」

「又到了最激動人心的時刻了。今年與往年不同，在黑馬大賽中，我們湧現出了兩匹黑馬王，他們分別是……」郭凱將話筒指向下面，林東和劉大頭的擁護者們紛紛喊出了他倆的名字。

「有請劉大江、林東上台領獎！」

林東和劉大頭在掌聲中走到台上，魏國民先是為他倆發了一人一萬的獎金，然後捧過獎盃，讓二人共同擎起這象徵著黑馬王的獎盃。

林東與劉大頭相視一笑，共同擎起了黑馬王的獎盃。

吳磊迅速捕捉到了這一瞬間，將二人共舉獎盃開懷大笑的畫面記錄了下來。

頒獎結束之後，魏國民才宣佈開吃。他吃了一小會兒就走了，老闆走了，眾人少了拘束，開始捉對廝殺。

最慘的就是林東和劉大頭，一撥一撥的人過來敬酒。劉大頭酒量還算可以，但也架不住這陣勢，很快就不行了。林東因為有玉片化解酒力，倒是越戰越勇，撂倒了一批人。

高倩見他來者不拒，甚是擔心，跟在後面，一個勁兒勸他少喝點。

林東今天高興，拿了一萬塊的獎金不說，又能和劉大頭有如此共贏的結果，這酒一喝開了就收不住，直讓高倩擔心。

而在這一切熱鬧的背後，徐立仁坐在角落裏冷眼看著這一切，握緊了拳頭，指甲陷進了肉裏，冒出了血珠，卻也不知疼痛。

「林東，我看你能猖狂到幾時。」

海安應該已經有所行動，徐立仁陰冷地一笑，他相信，笑到最後的一定是他。

廣南市出了名的治安差，尤其是外地人初到此地，必須要小心謹慎。林東握緊高倩的手，他有義務保護女人的安全。

「兄弟，要車嗎？」

林東和高倩在往地鐵站口走的路上，不斷有人操著蹩腳的普通話上來拉客。

高倩掏出手機，在地圖上確定了他們目前所處的位置，發現總部安排的酒店就在附近。兩人抬頭搜尋了一下，那家酒店竟然就在馬路對面。

那少女和兩個大漢往別的方向去了，林東拉著高倩的手穿過馬路到了酒店。

四海迎賓？林東看到了酒店的名字，倒是大器得很，進去一看相當奢華，看來總部是真的捨得花錢。

到了前台所大廳，就看到了「元和證券接待處」幾個字，有幾個人正在那裏辦理入房手續，看樣子應該是其他營業部的同事。

林東和高倩走上前去，便有酒店的工作人員問道：

「請問二位是元和證券蘇城營業部的林先生和高女士嗎？」

林東吃了一驚，點點頭：「是我們，您怎麼認出來的？」林東發現這裏並沒有他們的照片，他倆臉上又沒寫著名字，這酒店的工作人員真是神了。

工作人員笑道：「就剩您二位沒到了，不好意思，你們公司定的十間房就剩下一間了，其他九間都是自由搭配的，您看您是找人協調還是……」

工作人員沒好意思說出口，心想最好是林東和高倩就住一起，這樣倒是省得她麻煩。

「倩，你的意思呢？」林東怎樣都無所謂，實在不行就給高倩重新開一間房。

高倩道：「雖說都是一個公司的，但誰都不認識誰，找誰協調？算了，別麻煩了，住一起吧。」

工作人員一聽到高倩這麼說，立馬笑顏逐開：「請二位出示身分證，辦理入房手續。」

林東和高倩將身分證遞給了她，辦好手續後，由她將林東二人帶到房間門口。

「祝二位旅途愉快，如有事情，請撥打前台電話。」

林東和高倩開門進了房間，這是他第二次跟女人同住一房，這回可不是冷豔高傲的蕭蓉蓉，而是愛他的高倩，他不禁心猿意馬，不知會不會發生什麼。

林東將行李放好，高倩往床上一躺，實在有些累了，不一會兒就睡著了。室內空調溫度很低，林東怕她著涼，將被子蓋在高倩的腹部。

他本想打開電視看看，又怕吵到高倩，於是便拿出了手機，高倩給他手機裏安裝了好多有趣的遊戲，這會兒用來打發時間是最合適的了。過了一會兒，聽到有人敲門。

林東拉開房門，見是個中年男人，胖墩墩的，禿頂。

林東以為他敲錯了房門，問道：「你找誰？」

那人笑嘻嘻的，一口叫出了林東的名字：「你是蘇城營業部的林東吧？我叫馮士元，廣南株洲路營業部的，幸會幸會……」

馮士元是個自來熟，握住了林東的手，林東也只好應付兩句：

「幸會幸會……」

也不要請，馮士元直接進了林東的房間，坐了下來。

「你們姚萬成姚副總，那是我哥們，當年他做業務的時候，沒少向我討教。」

林東看這馮士元年紀，應該至少是營業部的中層領導吧，笑道：

「請馮總多多指教。」

馮士元卻說：「別叫我馮總，我跟你一樣，也是客戶經理，叫我馮哥好了。」

林東這才想起，今年全系統經紀業務部排名第一的正是眼前的馮士元，只是鬱悶的是，他至少應該是和姚萬成一起入公司的，這都十幾年了，怎麼還是個客戶經理？

「馮哥，我給你倒杯水去。」林東剛要起身，卻被馮士元按了下來。

「別客氣。我過來就是通知一下大家，今晚我在對面的松鶴樓請客，以盡地主之誼。千萬別跟我客氣，大家來到廣南，到了我的地盤，我出點血是應該的。」

馮士元普通話很差，帶有濃重的方言，林東聽懂了一半，笑著點點頭。

「好了，一路車馬勞頓，我就不打擾了，好好休息，六點半咱在樓下大廳集合，不見不散。」

過了一會兒，高倩醒了，問道：「剛才是不是有人來過？」

林東點點頭：「嗯，廣南株洲路營業部的馮士元，說是晚上請大家吃飯。」

「馮士元？」

高倩聽到這個名字，驚歎道：「他可是咱們元和證券的神話啊，傳奇人物！」

聽高倩一說，林東對這馮士元倒是產生了幾分興趣，問道：

「倩，你跟我說道說道，他到底怎麼個傳奇法？」

高倩娓娓道來，這馮士元十四年前就進了元和，自從他進元和的那年起，每年都排在經紀業務部新增排行榜上的第一位，業務能力非常之強。以他的能力，如果他願意，現在早就應該是營業部的負責人了，可馮士元偏偏就不喜歡做領導，誰要給他升職他就跟誰急，就甘於做底層的業務員。

「真是奇人吶。」

聽了高倩的敘述，林東不禁發出一聲感歎，心想元和證券藏龍臥虎，竟還藏了位奇人。

高倩道：「說他是怪人更貼切。」

林東深以為然，倒是願意和這奇怪之人多些接觸，發掘他的所長，對以後做業務應該大有裨益。

高倩從床上坐了起來：「出了一身汗，我去洗個澡，換身衣服，穿得漂亮一點，可不能給我們蘇城營業部丟臉。」

林東轉頭一看，這房間的浴室是透明玻璃，為免尷尬，站起來說道：「你洗吧，我去外面等著，洗好了叫我。」

林東拿著手機出去了，高倩在他身後氣得一跺腳。

「真是個榆木疙瘩。」

林東在外面的走廊上站著，聽到房內淅瀝瀝的水聲，不禁想像起浴室裏面的無限春光來。他搖了搖腦袋，心想還是離遠點好，於是便往前走了幾步，剛停下了腳步，就聽到旁邊的房間內傳來女人的喘氣和男人的低吼，一看門牌號，一皺眉頭，他記得這間房住著的也是元和的員工，只是不知道是誰。

林東趕緊走開了，免得被人撞見，徒生尷尬。

高倩洗完了澡，換上了一套黑色及膝中裙，開門將林東喊了進來。

林東打開電視，換了幾個頻道，高倩坐在桌前，正在梳妝打扮。

林東從後面看到高倩正在描眉畫眼，笑問道：

「我說倩啊，你啥時候學會化妝打扮了？」

高倩在林東的印象裏一直是女中豪傑的形象，大大咧咧的，之前是不愛打扮的，不過最近老是見她買各式各樣的化妝品，出手闊綽，盡挑貴的買。

高倩自從跟林東在一起之後，身上的女性因子開始活躍起來，除了買化妝品和性感的衣物外，還經常向郁小夏討教化妝之術。古人云：女為悅己者容，便是這個道理。

到了六點半，林東和高倩出了房門，乘電梯到了一樓的大廳，老遠就看到了馮士元和眾人在說笑，跟誰都是一副老相熟的樣子，林東心想，這馮士元倒是個八面玲瓏的傢伙。

「小林、小高，這邊……」

馮士元朝林東和高倩揮手。

「不好意思啊，來晚了。」林東瞄了一眼，幾乎都到齊了，估計他和高倩是最後到的。

高倩的到來引起了一陣轟動，一雙雙賊溜溜的眼睛不時朝她瞟幾眼，一眾男人都未想到竟然還來了個大美女，想來這次旅行不會無趣了。

林東和眾人點點頭，他沒有馮士元做人那麼圓熟，但必要的禮節還是懂的。這二十人當中，男女幾乎各占一半，十來名女士的姿色都很不錯，屬於中上，不過與高倩比起來就相形見絀了。

高倩上前挽著林東的胳膊，這一舉動是在告訴這幫對她有非分之想的男人：你們沒機會了。

馮士元點了點人數，正好二十人，笑道：「都到齊了，餓了吧，走，出發。」

廣南市作為元和證券的總部所在，一共有六家營業部，每一家實力都很強，因而每年總部組織的旅遊幾乎有一半都是出自廣南的營業部，此次也不例外，除了馮士元之外，還有七人也是廣南這邊的。

眾人上了天橋，從天橋下來之後，就到了松鶴樓的門口。馮士元站在門口，將眾人一一迎了進去之後才進了飯店。服務員將他們帶進包間，眾人遲遲不肯落座，因為彼此互不熟悉，怕亂坐壞了規矩。

馮士元走了進來，看一眼便知道了情況，笑道：

「大家也別客氣，這裏沒有領導，咱們都是最底層的小卒子，我年紀最大，就賣個老臉，大家聽我安排吧。」

馮士元開始安排眾人就座，大家聽他吩咐，莫有不從。林東發現，這人除了具有很強的親和力之外，也頗有領導才能。他只是不解，業務做得那麼牛的一個人，為什麼一直甘於做最苦最累的業務員？

眾人相繼落座，馮士元似乎對每個人的情況都很瞭解，他按資歷來安排眾人就座最為妥當不過。

馮士元站了起來，端著酒杯，說道：

「大家來自天南海北，有緣能聚到一起實在不易。作為廣南本地員工的代表，我先乾了這杯酒。」馮士元一仰脖子，咕嘟喝了下去。

「明天我們就將出發去雲南了，一周的時間說長不長，說短也不短，大家與我一樣，都希望能有個難忘的旅行，就讓這次旅行成為彼此珍重的回憶。來，大家舉杯，為緣分，為友情，為公司，乾杯。」

馮士元的話慷慨激昂，很能煽動人心，眾人在他的帶領下，紛紛舉杯，就那麼一杯酒，似乎就將彼此間的距離縮小了很多。

林東一直在留意馮士元的語言，這人雖然普通話差了些，但說話的藝術卻相當了得，這頓飯明明是他請，卻說代表廣南本地的員工，如此一說，其他七位廣南的同事也不會覺得他愛出風頭，不掏錢白吃一頓，又賺足了面子，這種事情誰不願意？

馮士元開始挨個敬酒，每人一杯，一圈下來，他喝了將近二十杯，依然面色如常，顯然酒量非常了得。

林東無意中發現有一男一女在桌子下面做小動作，他側目一瞟，那男人竟將手伸到了旁邊女人的裙子裏，難怪那女人表情不太自然，原來是在極力忍耐。方才聽馮士元介紹的時候，他記得這兩人都是金城營業部的，都已經結了婚。

下午聽到的聲音應該就是從他們房裏傳出來的，林東心想。

桌上有不少男人嫉妒林東的豔福，既然高倩已經名花有主了，那就只能逮著這個「主」好好折騰折騰了，大家紛紛找林東喝酒，用車輪戰法，希望能將林東灌倒，最好讓他當眾吐出來。

「林東厲害啊！除了咱們馮哥，誰能在進公司的第一年就能進入新增榜前二十名？馮哥是第一個，你是第二個。來，哥哥陪你好好喝幾杯。」

東北沈城營業部的洪威是個大嗓門，塊頭也大，比林東還要高些，拉著林東喝酒，已經是第五杯了。在洪威的印象裏，南方人的酒量遠不如北方人，所以他心想灌倒這個蘇城營業部的小子應該不在話下，可越喝越是心驚，五杯酒下肚，這小子竟然跟沒喝一樣。

「洪哥，咱再來，我給你滿上。」

林東有意拿洪威立威，洪威是這群灌酒的人中酒量最好的，只要把洪威撂倒了，樹倒猢猻散，這幫人的聯盟自然就土崩瓦解了。

又喝了幾杯，洪威說話開始哆嗦了，拍拍林東的肩膀，猩紅的眼睛裏閃著光：「兄弟，好豔福啊……」

洪威醉了，說話開始不經大腦，林東冷冷一笑，洪威眼裏冒出的光激怒了他。

「洪哥，東北爺們這麼快就不行了？來，再喝三杯。」

林東幾乎是強行灌了洪威三杯，又三杯下肚之後，洪威便從椅子上滑到了桌底，眾人忙著捉對廝殺，也沒人瞧見。

林東去了趟洗手間，馮士元也跟了進來。

「林東，厲害啊，洪威都被你撂下了。」馮士元拉開褲鏈，笑道，他今晚喝了不少，顴骨已經紅了。

林東笑了笑，敢情馮士元是什麼都看到了。

「馮哥，沒法子啊，所謂擒賊先擒王，洪威那幫人往死裏灌我，我只能先把他撂倒示威啊。」

林東拉上了褲鏈，洗了洗手，剛要出去，卻被馮士元叫住了。

「老弟，別急著走，咱哥倆聊會兒。」

林東停了下來：「馮哥有何指教，小弟也正想聆聽馮哥的教誨。」

馮士元用冷水洗了洗臉，感覺清醒了許多，在林東耳邊低聲道：

「這群人當中，我看上的沒幾個。老弟，老哥唯獨看上了你。」

林東雞皮疙瘩落了一地：「馮哥，你不會還好那口吧？兄弟我正常著呢。」

馮士元嘿嘿笑道：「老弟你真幽默，跟你說正經的，到雲南之後，我要去辦點事，想請你陪我走一趟。」

林東看他的樣子，似乎真是有事求他，運起目力和他對望了幾秒，和那次看陳美玉的感覺一樣，眼中的藍芒冒出之後，似乎遇到了什麼阻礙，又立馬退了回去，看來這馮士元的心機也是深不可測啊！

「老弟，你怎麼了？怎麼眼淚都流出來了？」

那藍芒冒出之後，一旦遇到阻礙，必然會致使林東眼睛酸痛，因而流出眼淚。

「馮哥，我沒事，老毛病了。」林東揉了揉眼睛，過了一會兒，眼球的不適感就消失了。

馮士元繼續說道：「老哥這人其他不壞，就是膽子有點小，到了雲南，老哥帶你去開開眼界，順便也給自己壯壯膽氣。」

林東點點頭：「那好，不過咱可事先說好，賭的嫖的別帶我。」

「嘿，賭不成單，嫖不成雙，真幹那事，我帶你幹嘛？放心吧，絕對不違法。」馮士元拍胸脯說道。

聽了馮士元的保證，林東決定和他走一遭，就當開開眼界見見世面了。

從洗手間出來之後，也沒人找林東鬥酒了。

過了半小時，大家吃得差不多了，馮士元結了帳，就帶領眾人出了松鶴樓。

「有想去逛逛的嗎？我帶大家去看看廣南的夜景。」馮士元問道。

高倩要去，林東自然也跟著去。洪威醉得不醒人事，同為東北分公司的許超扶著他回去了，唯獨金城營業部的石雲輝和孫凝香說要回去休息，馮士元瞧了瞧他倆，也未說話，帶著其他人出發了。

廣南市沿海開放最早，因而西化的程度也最高，隨處可見二十世紀初期的歐式建築。馮士元是廣南通，一路上為眾人講解，從他嘴裏說出的名勝古蹟，牽扯出許多歷史人物和事件，有意思很多。

廣南的夜晚倒是不那麼悶熱，海風吹過這座城市，送來了陣陣涼爽。

馮士元帶領眾人也未走遠，就在賓館附近逛了一圈，回程的時候已經是晚上十一點了。

周日早上，眾人起了個大早。六點半的時候已經全部到了一樓的餐廳，林東和眾人一一打過招呼，其他人氣色都還不錯，唯獨石雲輝頂著黑眼圈，面色蠟黃，想來必是因為昨夜在孫凝香身上熬夜奮戰的緣故，反觀孫凝香倒是膚色紅潤神采奕奕。

俗話說只有累死的牛，沒有耕壞的田，看來這話絲毫不假。

吃完早餐，總部經紀業務部派來一個助理，名叫蔡東來，說著一口流利標準的普通話，這在廣南人中非常少見。蔡東來一到這裏，首先跟馮士元打了招呼，然後自我介紹了一番，告訴大家這個團由他負責帶領。

開往機場的大巴車已經在酒店外面等候，眾人草草吃完早飯，便急著回房收拾行李。進電梯的時候，東北的洪威站在林東旁邊，笑道：

「兄弟，哥算服了你了，以後再也不敢跟你鬥酒了，昨晚吐得我腸子都快出來了。」

林東心想洪威雖然說話粗俗，不過倒也磊落。

「洪哥，我也是為了自保啊！」

林東和他相視一笑，恩仇盡泯。

林東起床後就將行李收拾好了，回到房裏，提著行李就跟高倩下了樓。辦了退房手續，蔡東來就請他們先到大巴車上等候。上車不一會兒，眾人陸續都上了車。

蔡東來最後上了車，點了一下名，確定人數不少之後，便告訴司機可以出發了。大巴開了四十分鐘到了機場，眾人拎著行李下了車。蔡東來將機票發給了各人，是飛往昆明的機票。

飛機起飛後兩個小時著陸。

總部訂好了旅遊公司，出了機場，旅遊公司的大巴就在外面等候了。此刻，眾人已是饑腸轆轆，大巴車開到了一家飯店，給四十分鐘的吃飯時間，好在之前旅遊公司已經訂好了飯桌，菜上得很快，雖然味道不怎麼樣，但因為大家都很餓了，竟然吃得乾乾淨淨。

重新上了旅遊公司的大巴，林東這才看見了導遊，是個二十幾歲的年輕女性，瘦瘦的，中等個子，因為長期在外面跑，因而曬得比較黑。她紮著馬尾，身穿運動裝，整個人顯得很幹練。

「歡迎大家乘坐揚帆旅行公司的大巴，我叫段嬌霞，是這次貴賓團的導遊，大家叫我小段就好。下面我來給大家介紹一下此次旅遊的線路……」

這次旅遊一共為期五天，要去騰沖和瑞麗兩個地方。本來直飛保山機場比較近，但因今天沒有到保山機場的航班，所以只能先飛往昆明，再由昆明取道騰沖，包車需要八個小時左右到達。

林東算了一下時間，今天晚上他們才能到達騰沖，應該會休息一晚，明天才會正式開始旅行。

車子開了不到一小時，高倩起先一直在看窗外的風景，看久了便閉目睡著了。林東昨晚也沒怎麼睡好，畢竟和高倩這個大美女共處一室，正常點的男人都難免心猿意馬，林東也不例外，不過理智告訴他現在還不是時候，在沒能賭贏和高五爺的賭局之前，他絕不會越界一步。

這是在跟高五爺較勁，也是在和他自己較勁。

段嬌霞是個稱職的導遊，雖然此刻還在車上，她已經開始為大家講解。車子路過山川、河流或是建築，她總會耐心講解此處的名稱和由來，還會時不時插入一些笑話，引得眾人哄堂大笑。

洪威和另一個東北來的武岑十分嘴貧，一路上二人輪番逗著段嬌霞，似乎對這女孩很感興趣。

倒是一向活躍的馮士元，上了車之後便不再作聲，再一看，早已睡著了。林東以為馮士元是年紀大了，經不起旅途折騰，卻不知馮士元是在養精蓄銳。其實，馮士元越接近騰沖越是興奮，不過為了晚上能打起精神，不至於看走了眼，他逼迫自己現在必須休息。

又過了一會兒，林東也靠在車座上迷迷糊糊地睡著了。

等他醒來時，大巴已經進了騰沖境內，此刻天色已黑，肉眼已經看不清太遠。林東將身邊仍在沉睡的高倩推醒：「倩，到騰沖了，好美啊……」

高倩睜開眼，看到窗外的景色，一下子來了精神，睡意全消，趴在車窗上看著窗外的美景。

段嬌霞開始為眾人講解，進了騰沖境內之後，她幾乎沒住嘴，一刻不停為眾人解說，這座邊陲古城，入眼之處幾乎處處皆是景點，可說可舉的地方實在太多。

「今天晚上我們就不安排活動了，大家都餓了累了吧，待會到了酒店之後先吃飯，吃晚飯之後自由活動吧。不過，為了大家的安全著想，我希望大家不要走太遠。」

臨下車之前，段嬌霞叮囑了一些注意事項，並將手機號碼告訴了眾人，讓眾人務必存在手機裏。

馮士元醒了之後，便開始躁動起來，似乎期待騰沖已久。

「騰沖，古之名城，古韻千年，有幸一覽古城風采，不枉此行，好地方啊……」

馮士元背著登山包下了車，伸了個懶腰，摩拳擦掌，看樣子十分興奮，卻不知他為何如此。

段嬌霞帶領眾人辦了入房手續，然後將眾人帶到了酒店的三樓，連續挨著的十二個房間都是他們的，其中有一間是段嬌霞的，她把房間號告訴眾人，說如果有事盡可找她。

洪威和武岑兩人直點頭，在心裏牢牢記住了段嬌霞的房間號。

眾人放下行李，便下樓去餐廳吃飯，已經八點多了，實在是餓得很。

這次總部肯出錢，所以吃得並不差，比中午那頓要好太多，還吃到了騰沖的幾道特色菜，也算一飽口福。

馮士元邊吃邊說：「我說，待會大家吃完飯就別出去蹓躂了，老實待在房裏，打打牌、打打麻將都可以，這裏靠近國界，不安全。」

眾人都覺得馮士元的話有道理，畢竟是出來玩的，安全第一，那麼晚了，又不熟悉地方，萬一出了什麼事，到時哭都來不及。

「咱們打牌吧，現在時間還早，睡覺也睡不著啊。」

眾人都在車上睡了幾個小時，精力充沛得很，就愁沒處發洩，既然不能出去，總得找點樂子。

馮士元坐在林東旁邊，轉臉在他耳邊說道：

「老弟，待會你就別玩牌了，老哥帶你出去見識見識。」

林東點點頭，這老馮真是賊，一邊不讓別人出去，一邊自己卻要出去逛逛。

林東在高倩耳邊道：「待會我和馮哥出去一下，你和大家好好玩。」

高倩見他倆神神秘秘的，低聲問道：「你們到底幹嘛去啊？」

林東搖搖頭，他也不知道。

第十六章

刀地獄 刀天堂的賭石

「開石。」郭山吼了一聲，

切石機發出刺耳的噪音，火星飛濺，旋轉的刀片很快便將石頭一分為二。

碧油油的翡翠閃爍著冷輝，圍觀的眾人皆是瞪大了眼睛。

馮士元更是心中狂喜，急忙將另一半拿出來，依然是晶瑩剔透的翠綠。

馮士元幾乎呆了，沒想到第一次就有那麼好的運氣，這可是高翠啊！

吃完晚飯，林東將高倩送到房間，過了一會兒，馮士元發來了訊息，開始催他下去了。

「倩，我出去了，你和其他同事好好玩。」

高倩把他送到門外，叮囑道：「這裏不比蘇城，出門在外，萬事小心。」

林東點點頭，心想只是跟馮士元去開開眼界，應該不會有什麼危險。

到了酒店門口，馮士元背著一個大大的登山包，正站在門口等他。

「馮哥，咱怎麼過去？」林東問道。

馮士元把他拉到酒店外面，夜涼如水。他點了一支煙，問林東要不要，林東擺擺手。

「我剛才打電話叫了車，耐心等會兒，馬上就到。」

馮士元的一根煙還未吸完，車就到了，是一輛小麵包車。車主從車裏下來，客氣地叫了聲「馮哥」。

馮士元從兜裏掏出一疊鈔票，估計有上千塊，塞給了車主：「雷子，還是老地方。」

林東跟著馮士元上了車，馮士元這才將車主介紹給林東認識。這雷子三十來歲，精瘦矮小，長了一雙賊溜溜的小眼，看人的時候兩隻眼珠亂轉。

「馮哥，都上車了，你也該告訴我去哪兒了吧？」

林東總覺得馮士元神神秘秘的，真怕這老小子把他帶到什麼骯髒的地方去。

馮士元笑道：「老弟，別急啊，就快到了，留點懸念才刺激嘛。」

雷子也幫腔說道：「是啊，林哥，跟著馮哥沒錯的，他是老江湖了。」

既然馮士元不說，林東也就不問了，不過這老馮身上的確透著些許古怪，讓他捉摸不透。

車子開出了城，林東辨明了方位，心想好像是直朝邊界開去了。又過了半小時，車子駛進了一處破舊的廠區，從外面看是黑燈瞎火，往裏面開了一會兒，林東就傻眼了，路兩旁不知停了多少好車。

林東下了車，前面一百米左右是個露天的頂棚廠房，裏面吊著許多大功率的白熾燈，燈火通明，亮如白晝。

「兄弟，到了。」老馮似乎有些緊張，掏出煙盒，點了一根煙，手有些哆嗦。

林東和馮士元往前走去，路的兩邊有許多切口平滑的棄石，再看廠棚裏面，一群人圍著一堆石頭轉悠，林東的頭腦裏忽然冒出了一個詞：

「賭石。」

雲南騰沖，因與緬甸毗鄰，故而盛行賭石。

馮士元低聲道：「這些年賭石的生意拓展到了沿海一帶，廣南就有許多。在廣南的時候，我也跟著熟人學著看了許多。這行裏有一刀窮一刀富的說法，最近四五年，我每年都來雲南一趟，只有到了賭石的源地，才能學到更多。」

林東看了看馮士元背上鼓囊囊的大登山包，低聲問道：「馮哥，你的包裏不會裝的都是鈔票吧？」

馮士元朝他看了一眼，點點頭：「這裏原石的老闆大多數都是緬甸人，在緬甸因為銀行不發達，所以必須是現金交易。他們到了這裏之後，仍是保留著緬甸的傳統，立下規矩，只接受現金交易，不刷卡的。」

林東震驚，心想老馮真是忍不住要玩真的了。

「馮哥，這玩意風險太大，慎重啊！我雖然沒見過賭石，但聽說過這是能讓人一夜破產的勾當。」

馮士元狠狠吸了口煙，努力使自己鎮定下來，以前只是光看不賭，還是頭一次帶這麼多錢過來，手心冒汗，難免有些緊張。

二人進了廠棚。

林東掃視一眼，裏面除了中國人之外，也有不少皮膚黑黝黝、身材乾瘦的緬甸人，脖子上掛著粗大的金鏈子，普通話說得雖然彆腳，好在還能聽懂。

「馮老闆，好久不見啦……」人群中有人看到了馮士元，和他打了聲招呼。

廠棚內分為五個攤位，每個攤位都有十幾塊石頭，老闆都是緬甸人。

馮士元領著林東邊看邊說：「每年十二月中旬到四月中旬，正好是傣族潑水節期間，那段時間正好避過了雲南和緬甸漫長的雨季，是開礦和賭石的黃金時期，如果那時候來，要比現在熱鬧多了。」

那些圍在攤前看石頭的人，個個表情凝肅，默不作聲，眼睛盯著石頭，眨也不眨。

林東剛想發問，馮士元低聲道：

「不要奇怪，賭石如賭命，在他們看石頭的時候是不容許別人打擾的。一塊原石要等上一個人看完之後，下一個人才能看，規矩很嚴。」

馮士元抬頭一看，前面一個攤子前圍著的四五個中國人都已經看完了石頭，到了競價的時候了。

「走，前面有好戲看了。」

馮士元帶著林東到那攤子前，攤主向五個中國人分別發了一個信封和紙筆。

「這是幹嘛？」林東不解。

「這是暗標，賭石標價分為明拍和暗標，明拍就像拍賣一樣，可以加價，而暗標就是把各自打算出的價錢寫好了放在信封內，誰出的價格高就賣給誰。在緬甸都是暗標。在我們廣南明拍的較多。」

林東聽明白了，其實跟競標和拍賣差不多。

那五人面無表情，各自寫好了價錢，將紙條塞進了信封內，放在攤主的前面。

林東知道到了關鍵時刻，不再說話，屏息靜氣，以免壞了人家的規矩。

緬甸老闆雙掌合十，向眾人行了個禮，一一拆開信封。

「陳老闆出價十萬，李老闆出價十五萬，蔣老闆出價八萬，周老闆出價十三萬，畢老闆出價十四萬。」

他將眾人的出價一一念了出來，然後將信封內的紙條擺在桌上，讓面前的五人看看清楚，確定沒有問題之後，這才笑說道：「恭喜李老闆。」

緬甸老闆將那塊原石雙手奉上，李老闆的手顫巍巍地將石頭接了下來，抱著石頭，走到不遠處的香案前，點了三炷香，敬了敬財神，跪在墊子上磕頭祈禱。

「財神爺保佑，保佑我一刀富，這可是我最後的身家了……」

李老闆靠賭石發家，也因賭石敗家。今年流年不利，接二連三失手，將前些年積攢的錢幾乎全賠了。他不死心，還想翻身，從朋友那兒湊了二十萬，將全部希望都寄託在這塊石頭上了。

馮士元告訴林東，這裏除了賭石之人，還有前來收石的人，這些人一般都是做珠寶生意的。運氣好的，賭到了一塊好石頭，立馬獲利幾倍，甚至幾十倍，很願意轉手套現，那些收石頭的人就能以比市場上低許多的價錢從他們手中將原石買過來。這樣雙方都得利的事情，彼此都很樂意去做。

李老闆拜完財神之後，抱著石頭來到緬甸老闆面前說道：「吳老闆，請您幫我開石吧。」說完這話，李老闆又走到香案前拜倒下來。

賭石如賭命，一般人在開石的時候都不敢親自在場，而是在附近焚香祈禱，求神保佑。

馮士元和林東湊到近前，剛才出價的其他幾位老闆也走到前面。緬甸老闆抱著石頭走到切石機前，準備開石。石頭雖然是他賣出去的，他並不知道裏面是「敗絮」還是翡翠。

其他四位老闆也很緊張，手心捏汗。這塊石頭大概三四十斤重，如果真被切出來含有不少的翡翠，就是他們看走了眼，那可是幾十萬的損失。

林東看了看那十幾塊石頭，外表都是一樣，他到現在也不明白這幫人靠什麼判斷石頭裏面是否有翡翠，難道真的僅僅靠賭？

緬甸老闆打開切石機，又圍過來不少看熱鬧的人，這一刀可牽著不少人的心。

切石機發出尖銳刺耳的雜訊，刀片極速旋轉著，慢慢靠近了那塊原石，等碰到了原石表面，濺出一陣火星，刀片漸漸切入了石頭內部，聲音也變得沉悶起來。

這時，林東掉頭看了一眼匍匐在香案前的李老闆，這切割石頭的噪音對他而言，既是天堂的鐘聲，也是地獄的鬼嚎，令他在神靈面前仍是難得心安，身軀止不住地發抖。

原石被切成兩半，切口處卻蒙了一層油污，看不清顏色。

馮士元道：「刀片都是用煤油冷卻的，所以剛切開的時候，切口的地方會被蒙上油污，洗乾淨就能看見裏面是不是有翡翠了。」

林東一看，果然就在切石機的旁邊放著一個大木桶，裏面放了半桶水，就是洗石頭用的。

李老闆聽到切石機的聲音，從墊子上站了起來，雙掌合十，朝財神爺深深鞠了一躬。

洗石這個步驟會由買石人親自來做，李老闆走到切石機前，將切為兩塊的石頭相繼放進了木桶裏，他用手在切面的表面抹了幾下，再拿乾淨的布擦一下，就見到了原石內部的顏色。

李老闆舉起第一塊石頭，切面是灰白色中帶點綠色。

「哦，原來是塊花牌料。」

其他四名老闆紛紛鬆了口氣，林東見他們這樣，想來這塊石頭應該不好，便問道：「馮哥，什麼是『花牌料』？」

馮士元答道：「就是綠色不均勻的毛料，比磚頭料好點，不過也不值錢。」

李老闆的臉色瞬間煞白，這可是他傾家蕩產借的錢，難道這次又走眼了？

「李老闆，大的那一塊還沒看呢。」緬甸老闆提醒他一句。

此刻，李老闆已經沒了精神，木訥地點了點頭，轉身去水桶裏洗另一塊石頭。另一半石頭在水裏泡久了，上面的油污溶進了水裏，切面處閃著綠瑩瑩的光亮。

李老闆像是打了雞血，頓時來了精神，瞪大眼睛，快速在切面處抹了幾下，將石頭從水裏撈了出來，用布一抹，切面處露出水靈剔透的翠綠。

「發達啦、發達啦……」李老闆聲嘶力竭地叫著，整個人完全興奮起來，親了一下手中的石頭，開心得亂蹦亂跳。

緬甸老闆雙掌合十，微微彎彎腰，笑道：「李老闆，恭喜你啦……」

其他四位老闆的臉色忽然變了，方才還幸災樂禍，此刻已經雙眼發紅了。

馮士元在林東耳邊道：「這塊石頭至少能賣七位數。什麼叫一刀窮一刀富，現在該明白了吧？」

林東點點頭，人言賭石如賭命，真的是一點不假，這一刀下去，立判生死啊，運氣好的一夜暴富，運氣背的傾家蕩產。

「馮哥，比起賭石來，咱玩的股票真是小兒科了。」

馮士元道：「股票才多大風險，太溫和了，沒意思，要玩就得玩這個。」

林東看馮士元狂熱的表情，真替他擔心。

「馮哥，小心點，這可是傾家蕩產的事情。」林東忍不住提醒他一句。

李老闆在短短幾分鐘內大悲轉為大喜，整個人看上去都有些癡了，抱著那塊蘊藏翡翠的石頭來到眾人面前，供大夥觀看。

「來，兄弟們都來看看，我老李這眼光，絕了……」

林東撇撇嘴，心想老李這傢伙真是命好，如果賭失手了，這傢伙估計就不活了，看他現在的得意樣真欠揍。

老李把石頭放在案子上，切面朝上，碧綠的翡翠吸引著眾人的眼球。林東和馮士元圍在案子前，前面被人擋住了，暫時看不到。

「看過的就走開，別妨礙後面的兄弟。」老李吆喝道。

前面的人散開了，輪到林東和馮士元觀看了，馮士元摸著切面讚歎道：「真是塊好石頭啊。」

林東從未見過翡翠，認真看了起來，盯著切面望了十幾秒，瞳孔深處的藍芒竟然冒了出來，那一瞬，林東只覺藍芒似乎張開了嘴巴，從翡翠中湧出一陣清涼之氣進入眼球，眼睛頓時無比舒服，不僅如此，那藍芒也似乎餓了很久終於吃了一頓飽餐，隱隱壯大了些。

「怎麼回事？」

林東心中大為震驚，再次運氣盯著石頭的切面，卻怎麼也找不回方才的感覺。

「喂喂喂，看完了沒？再看也不是你的，小子，走開啦，你沒那命。」姓李的老闆見林東看了好久，不耐煩了，揮手趕人。

林東入了神，怔怔站在那裏，一動也未動。馮士元拍拍他，將他拉到一邊，忙問道：「老弟，怎麼了？」

林東回過神來，搖搖頭：「沒事，沒見過翡翠，多看了幾眼。」

馮士元雖覺他神色古怪，卻也沒懷疑，笑道：「不丟人，出來就是長見識。」

這時，開始有珠寶商過來跟姓李的老闆談價錢，想要收購那塊石頭，林東運起耳力聽了聽，竟然開價就是一百萬。

「好了，我們去別處看看。」馮士元帶著林東往別的攤子前走去，他今晚可不是光來看別人發財的。

二人在一個人少的攤子前停了下來，這攤主也是個緬甸人，正抽著煙，面前的案子上放了十來塊石頭，都不大，最大的那塊看樣子也就三十斤左右的樣子。

「郭山，還記得我嗎？」

馮士元笑著和那緬甸老闆打了招呼，這緬甸老闆盯著他看了一會兒，皺著眉頭，忽然一拍腦袋想了起來：「馮老闆，咱們又見面了，緣分吶。」

「這是我朋友。」馮士元拍拍林東的肩膀，將他介紹給了這緬甸老闆。

「郭老闆你好，我叫林東。」林東伸出了手。

馮士元和緬甸老闆都笑了，林東不明所以，朝馮士元看了一眼。

「老弟，緬甸人有名無姓，『郭』代表哥的意思，我叫他郭山，翻譯成漢語就是山哥。」

聽馮士元一說，林東才明白為什麼他倆都笑了，原來是自己知識面太窄，出了個大糗。

「山哥，不好意思啊。」

這郭山倒是不介意，邀請林東和馮士元上前看看石頭，這個季節正值緬甸的雨季，他這次沒採到好石頭，只弄了幾塊小石頭，是以門前冷清，無人問津。看到一同來的同鄉都有石頭賣出，他今天卻還未開張，郭山的心裏也很著急。

馮士元拿起一塊石頭，指著表皮說道：「這是一層風化了的皮殼，這些原石表面都差不離，考眼力的就是這皮殼，你來看看。」馮士元把石頭塞給林東。

林東自嘲道：「馮哥，我能看出什麼門道？」

馮士元重新拿了塊石頭，笑道：「沒事，玩玩嘛。」

林東心想也是，來都來了，就要玩個盡心，管他懂不懂，不懂裝懂就是了。

過了一會兒，郭山攤子前的客人相繼走了，就剩林東和馮士元二人。他盯著手中的石頭看了一會兒，一點門道也看不出來，放下石頭，又從案子上拿了一塊，如此換了四塊，直到第五塊，林東這才發覺了異樣。

手中的這塊石頭，林東盯著看了不下三十秒，眼中的藍芒總有躍躍欲試的感覺，卻總是遇到阻礙，三次突破無果之後，藍芒終於沉寂了下來。

「老弟，你怎麼又流眼淚了？」馮士元放下石頭，關切地問道。

林東揉揉眼：「馮哥，沒事，老毛病了，我揉會兒就好。」

「馮老闆，我這石頭可都是從烏龍河的礦上採來的，要不來一塊？」郭山搓著手，心想怎麼著也得開個張啊。

馮士元起初是跟一個玩賭石的朋友看了幾次，後來逐漸產生了興趣，開始潛心學習，這幾年來雖未真正賭過，但也鍛煉出一點看石頭的眼力。郭山這攤子上的石頭的確都是出自烏龍河流域那片礦場的，不過從皮殼上看，應該都是劣質貨。

郭山也知道自己這次沒弄到好貨，為了做成這第一筆生意，寧願降價出售。

「馮老闆，這裏也沒有別人，咱也不需要競價。你出個價，雙方都覺得合適，那就成交。」

馮士元想了想，他這趟本就沒打算發大財，只是為了來練練手，就算賠了，也就幾萬塊錢的事。這點錢對他而言，根本不算什麼。

「老弟，要不你幫我挑一塊吧？」

馮士元忽然開口，竟然讓林東這個門外漢幫他挑選，這倒是讓郭山和林東都吃了一驚。

「我？馮哥，你別開玩笑了。」

馮士元笑道：「沒跟你開玩笑，但凡跟賭沾邊的事情，新手的運氣都會特別好。來，幫老哥挑一塊。」

林東看他不像作假，嘴一抿，抓起了剛才看的最後一塊石頭，這塊石頭讓他瞳孔裏的藍芒蠢蠢欲動，說不定裏面便有蹊蹺。

「馮哥，你看這塊怎麼樣？」林東把石頭放在馮士元面前。

馮士元看了看，這塊石頭表面的皮殼的確不怎麼樣，不過他既然已經說了讓林東挑選，就不會反口。

「這石頭大約二十五斤左右，郭山，我頂多出五萬塊。」馮士元將石頭拿在手裏掂了掂份量，報出了價。

郭山低頭，故作沉思狀，其實這塊石頭是他花三萬塊從礦上買的，馮士元出了五萬塊，他自然是願意賣的，不過不能讓他看出自己急於出手的心理。

過了半晌，郭山抬起頭，一臉割肉心痛的樣子：「馮老闆，我們是老朋友啦，多少你再加點吧。五萬塊實在有點少啦。」

馮士元笑道：「買賣不成仁義在，既然郭山不願賣，那就看以後有沒有合作的機會了。」

說著，馮士元轉身就要走，卻被郭山拉住了衣角。

「算了，賠就賠點吧，就當交個朋友了。」郭山知道不能再裝了，不然馮士元這條上鉤的魚也要游走了。

馮士元從背包裏拿出五疊鈔票，每疊一萬，遞給了郭山：「郭山，你點點。」

郭山數了數，數目沒錯，將石頭遞給了馮士元。

馮士元跟剛才姓李的老闆一樣，抱著石頭到財神爺面前拜了拜，然後將石頭抱過來，請郭山為他開石。廠棚裏只有一架切石機，郭山抱著石頭來到方才開石的地方，打開了切石機。

「開石。」

郭山吼了一嗓子，切石機發出刺耳的噪音，火星飛濺，旋轉的刀片漸漸進入了石頭的內部，很快便將石頭一分為二。

此刻，馮士元已經來到切石機前，抱起被切成兩塊的石頭，放入旁邊的木桶裏洗了第一塊，馮士元用抹布從切面處一抹，碧油油的翡翠閃爍著冷輝，圍觀的眾人皆是瞪大了眼睛。馮士元更是心中狂喜，急忙將另一半洗了拿出來，依然是晶瑩剔透的翠綠。

馮士元幾乎呆了，沒想到第一次就有那麼好的運氣，這可是高翠啊！

馮士元從方才的狂喜中漸漸平靜下來，仍然很激動，用力拍著林東的肩膀，高聲叫道：「兄弟，太神了你。」

馮士元將被切為兩塊的石頭放在案子上，林東盯著看了一會兒，果然瞳孔深處的藍芒又不安分冒了出來，翡翠中湧出一股微弱的清涼之氣，湧入了他的眼球，卻被藍芒全部吞噬了，隱隱覺得那藍芒似乎又壯大了一點。

「我的天吶。」林東心中萬分震驚。

這藍芒不僅可以助他讀出人心中所想，竟然還能勘探出原石中是否含有翡翠。

如果真是如此，那林東就可以縱橫賭石界，大發橫財了。

「冷靜、冷靜……」林東隱隱覺得有些不對的地方，只是目前他還未想通。賭石風險極高，必須擁有極好的心態，以他目前這樣的心態，是萬萬要不得的。

馮士元將兩塊石頭擺在案子上，等待玉石商人過來談價錢。

「兄弟，你這石頭多少錢買的？」不少人上來打聽。

馮士元伸出五根手指：「不貴，才五萬塊。」一臉笑意，得意非凡。

眾多賭石人聽了這個價錢，紛紛朝郭山的攤子湧去，心想說不定攤上還有好貨，說不定也能揀個大便宜。

郭山正苦著臉，忽然見那麼多人擠在了他的攤子前，臉上的鬱悶一掃而光，開始笑呵呵地招呼客人，心裏隱隱對馮士元產生了些許感激之情。

「兄弟，這石頭打算什麼價出手？」幾個玉石商人圍在馮士元身前，打量著切面處的翡翠，開始詢價。

「幾位老闆都是識貨的，這都是高翠啊，至少五十萬，低了不賣。」

馮士元開出的價錢合理，幾人都有買入的心思，不過他們若是相爭，必然會抬高價錢。

「二位老弟，」玉石商人中一個年級較大的中年男人開了口：

「這塊石頭就讓給老哥吧，改天我請二位喝酒。」

兩個年輕人互視一眼，點點頭：「既然羅老哥喜歡，兄弟們不跟您爭。」

玉石行業大多數都是世代經營，傳承至今，都有錯綜複雜的人脈關係，各家都有些交情，若不是非常好的貨色，不值得去爭個你死我活，以免壞了關係。再說雲南這一片經常會有好石頭出現，錯過一兩塊，對他們而言確實無關緊要。

羅姓老闆開了張支票給馮士元，他們都是中國人，不喜歡帶現金交易，一來不安全，二來也不方便。

馮士元將支票收好，伸手做了個「請」的動作：「羅老闆，合作愉快，這石頭歸您了。」

羅老闆身後跟著一名年輕男子，壯碩魁梧，板寸頭，一身黑衣，戴個墨鏡，像極了外國大片裏的殺手，冷酷得很，提著個行李箱上前，將兩塊石頭裝了進去。

馮士元到現在仍是很激動，摟著林東：「老弟，這次多虧沾了你的好運，等會上了車，我分你十萬。」

馮士元和林東到了賓館，並不著急上樓，站在賓館外面。馮士元點了根煙，慢慢吸了一口，欲要平復心境，第一次賭石就讓他賺了十倍，他怎能不激動？

「老弟，有機會我倒是想去緬甸看看，那裏才是賭石者的天堂。」

馮士元望著遠方的天空，目光邃遠，嘴裏叼著煙，狠狠吸了口，煙絲燃燒，露出火紅如血的光。

林東也不知道說什麼是好，只覺馮士元似乎已經走火入魔了，這賭石風險太大，僥倖得手的次數畢竟是少數，更多的是失手，哪能常玩？

「馮哥，不早了，上去休息吧。」林東等他一支煙吸完，開口道。

馮士元點點頭，與他並肩進了電梯。

「老弟，我必須得分你十萬，不然心裏過意不去。」說著，馮士元便拉開了登山包的拉鏈，卻被林東按住了手。

「馮哥，這錢我真不能要。」林東很堅決，馮士元朝他看了幾眼，倒是有些對林東另眼相看了，他這輩子閱人無數，這十萬塊也不是小數，況且林東又不是有錢的主兒，能在鉅款面前不動心的絕對少之又少。

「行。」馮士元拉上拉鏈，說道：

「兄弟，不過明晚你得陪我再去一次，好不容易到騰沖了，必須好好玩玩。」

林東計謀得逞，在心裏得意地笑了笑，說道：

「不早了，明天遊玩可是體力活，關燈睡覺吧。」

第七章 雲南三大家族

腳下的震感越來越強烈，幾名緬甸漢子好不容易將石頭弄到了台子上。

吳覺沖親手砍斷了縛在巨石上的繩子，將蒙在巨石上的樹皮和樹葉清除乾淨。

當場不少人都發出一聲驚呼，這塊石頭那麼大，看上去有幾百斤重，若不是雲南三大家族來了人，誰能賭得起？

關了燈，林東卻久久無法入眠。

第二天吃完晚飯，林東把高倩送到房裏，便下了樓，到了一樓大廳，馮士元依舊背著登山包在門口等他。

雷子將車開到廢舊的廠棚外面，一如昨夜，廠棚前面停滿了各式名車。

林東和馮士元下了車，並肩走進了廠棚，打眼一看，除了昨晚那些半生不熟的面孔，今晚又多了許多完全陌生的面孔，難怪外面的車比昨晚多了不少。

「看來今晚會有大玩家，老弟，咱們有眼福了。」一進廠棚，馮士元看到來了那麼多人，頓時興奮起來。

在電視和小說裏看到，賭石動不動就上千萬的資金，不過林東昨晚見到最多的也就是十五萬，他倒是想見一見大場面開闊一下眼界。

郭山的攤位仍然擺在昨晚的地方，馮士元和林東走到他那兒，打了招呼。

「郭山，今晚怎麼回事，來了那麼多人？」

郭山道：「馮老闆你有所不知，今晚毛家長子長孫興鴻少爺會駕臨場子。」

馮士元眉毛一豎，驚問道：「毛興鴻？賭石大王毛華林的孫子？」

雲南毛家，乃當今中國賭石界的泰山北斗。當今家主毛華林，本來是個礦山的採石工人，天天與石頭打交道，久而久之，竟然有了辨別石頭好壞的本事。此後，毛華林便參與賭石，無往而不利，正是通過賭石，財富迅速積累，一躍成為滇地最顯赫的家族之一。

現如今，毛華林已經不再賭石，他的家族生意也拓展到很多領域。

毛華林的孫子毛興鴻今晚會來到這個場子。能驚動毛家，估計是有好石頭到了這裏。馮士元和林東對視一眼，兩人都很期待毛興鴻的出現。

「老弟，你看今晚來的這些人，個個腰杆都很硬，有不少更是雲南的名門望族。究竟是什麼樣的一塊石頭，竟然驚動了那麼多人。」

馮士元掏出煙盒，給了郭山一根，自己點了一根，抽著煙，饒有意味地看著熙熙攘攘的人群。

過了半個鐘頭，廠棚外駛來幾輛車，車燈晃眼，眾人看不清楚，等到車子停穩，這才能看清。前後各是兩輛路虎，中間一輛加長林肯。

「毛少爺到了……」

人群躁動起來，紛紛湧向門口，爭先恐後想要一睹毛家第三代傳人的風采。

馮士元和林東站在郭山的攤子前，沒去湊熱鬧。聽郭山說，這毛興鴻也是最近兩年才出道的，人長得帥氣，又是長子長孫，深得祖父毛華林的疼愛，自小就將他帶在身邊，親自傳授認石辨石的方法。去年緬甸的賭石大會毛興鴻代表毛家出席，一出手便賭中了一塊重逾五百斤的上好原石，技驚四座，一賭成名。

毛興鴻在八名黑衣壯漢的簇擁下緩緩走進了廠棚，他一身白衣，全身上下一塵不染，臉也很白，高高瘦瘦，果然帥氣。

眾人見他進來，紛紛拱手行禮，而他只是象徵性地點點頭，略微一笑，似乎早已習慣了眾星拱月的場面。

「毛少爺真是風采過人啊，毛老爺子得孫如此，老懷寬慰啊……」人群中恭維聲不斷，毛興鴻聽在耳裏，不禁露出得意的笑容。

「馮哥，這姓毛的果然是世家子弟，看上去就是不一樣。」林東讚歎一句，連他也被毛興鴻的風采折服。

馮士元點點頭說道：「咱們過去吧，找個好位置，不然待會看不到了。」

二人擠進了人群裏，好不容易擠到了前面，離毛興鴻只有幾步遠，若不是被他的保鏢擋住，林東跨前兩步，伸伸手就能碰到毛興鴻。

一個緬甸人走了出來，站在事先搭好的台子上，向下壓了壓手掌，示意眾人安靜。這人穿著緬甸男子的服裝，脖子上戴著金鏈子，十指上戴滿了鑲著翡翠的金戒指，看上去很富貴。

「大家好，我叫吳覺沖，歡迎大家來到今晚的賭石會，希望各位都能有所收獲。」吳覺沖雙掌合十，朝毛興鴻所在的方向躬身一拜。

馮士元聽到吳覺沖這個名字就瞪大了眼睛，在林東耳邊道：「老弟，吳覺沖可是大有來頭，他是緬甸排名前五的礦主，看來這次應該是他帶來了好貨。」

「介紹一下，參與今晚賭石的共有三家，毛家的少東家毛興鴻、段家的段奇成少爺和方家的方如玉小姐。請二位少爺稍等片刻，方小姐馬上便到。」

吳覺沖話音剛落，只見一道黑影從天而降，立時便將眾人目光吸引了過去。

「不好意思，來遲了。」

來者是個女人，穿了一身緊身黑色皮衣，頭髮束著，顯得異常幹練。林東看不到她的臉，不過光看背影也猜到是個美女，心想應該就是吳覺沖口中的方如玉吧。

「方小姐到了，三位，可以開始了吧？」吳覺沖滿面含笑，走下台子，朝毛興鴻三人一一鞠躬，恭敬地問道。

方如玉一甩手，廠棚的鋼製橫樑發出一陣輕響，眾人眼前一道白光閃過，也不知是什麼東西被她收進了袖子裏。

林東望了望橫樑，心想這女人真是不走尋常路，竟然學外國特務飛天遁地。

「方家和段家也是雲南的望族，根基深厚，經營玉石行業有十幾代了，若不是出了個奇才毛華林，他們兩家至今仍是雲南最大的玉石商。」

方如玉在毛興鴻和段奇成中間的位置坐了下來，一直沒有交流的毛、段二人立馬爭著和方如玉搭訕。不過方如玉倒是異常冷漠，不管這二人如何費盡口舌，她只是聽著，一句話也不說。

「三位，可以開始了嗎？」吳覺沖又問了一遍。

方如玉點點頭，毛興鴻與段奇成異口同聲道：「開始吧。」

林東在後面看得真切，心想今晚可有好戲看了，毛興鴻和段奇成不僅要比賭石的眼力，而且要比誰能贏得美人的芳心。

吳覺沖站在台上揮揮手，不一會兒，眾人只覺腳下的地面輕微顫動，傳來悶悶的聲響，那聲音越來越近，抬頭一看，一塊巨石放在木頭架子上，幾名緬甸壯漢正費力地往台子這邊推著。

腳下的震感越來越強烈，幾名緬甸漢子好不容易將石頭弄到了台子上。吳覺沖親手砍斷了縛在巨石上的繩子，將蒙在巨石上的樹皮和樹葉清除乾淨。

當場不少人都發出一聲驚呼，這塊石頭那麼大，看上去有幾百斤重，若不是雲南三大家族來了人，誰能賭得起？

吳覺沖朗聲道：「這塊石頭重五百斤，是半月前從我在烏龍河畔的西山礦場發掘出來的，我已經開了口，大家請看。」吳覺沖將蓋在石頭上的那塊蒲扇大小的牛皮紙摘了下來，開口處露出晶瑩剔透的翠綠。

「從開口處看，滿綠，應該是色貨，下面請三家少主依次上台驗貨。」

這次，毛興鴻和段奇成倒是很默契，都很紳士地伸出手，請方如玉先驗。方如玉也不客氣，二話不說直接登台驗貨。

這塊石頭的開口處雖然是滿綠，不過裏面的貨色卻無法確定，有可能是滿綠的色貨，也可能是綠色不均勻的花牌料，也有可能是磚頭料，這就要考較這三家少主的眼力了。

事關家族的榮譽，方如玉很謹慎，先是仔細查看了巨石表面的皮殼，不僅用手摸了摸，更是湊近聞了聞氣味。光是皮殼就看了半小時，然後才去查看開口處，又過了半小時，方如玉才從台子上一躍而下。

林東這才看清她的臉，果然是難得一見的美女，難怪毛興鴻和段奇成二人會像蒼蠅一樣黏著她，看來也都是看上了方如玉的美色。

「毛兄，你先請吧。」

段奇成禮讓一番，讓毛興鴻先上去驗石。毛興鴻輕哼了一聲，緩緩走上了台子。他只看了十五分鐘，就走下了台。

「段兄，該你了。」

毛興鴻瀟瀟灑灑坐了下來，朝段奇成做了個「請」的動作。

段奇成深吸一口氣，跨步上了台。毛興鴻未出道之前，他是雲南玉石界年輕一代的翹楚，無論家世人品，都被老一輩人所稱讚，哪知兩年前毛興鴻出道，在緬甸的都市大會上勝了他，令他聲名掃地，而毛興鴻卻聲名大噪，一舉超越了他，成為年輕一輩中最閃耀的明星，人人都說他會繼承祖父毛華林賭石大王的稱號。

毛家不過是剛剛興起五十年的家族，五十年前，毛華林還只是一個礦工，而他段家傳承幾十代，先祖更是大理國的皇族，在雲南地位尊崇，世代經營玉石生意，歷經了十幾代人，家底深厚，論根基，比毛家要深厚得多。

段奇成不甘心，在他這一輩，他一定要擊敗毛興鴻，擊敗毛家，讓段家重新成為滇區第一世家大族。

「毛興鴻，今晚你我一決高下吧。」

段奇成握緊拳頭，面對巨石深深吸了口氣，擯除雜念，力求心無旁騖。這塊石頭，他不能再看走眼了。

足足三刻鐘過去了，段奇成仍然站在巨石前仔細查驗，他不僅用上了摸、聞，居然還用手指扣了些皮殼下來放進嘴裏嘗了嘗，表情也是忽明忽暗，變幻不定。

「段哥，驗塊石頭而已，不用那麼久吧？」毛興鴻靠在椅子上，喝了口茶，又將茶水噴了出來：「呸，茶都涼了，換一杯。」

身後的保鏢唯唯諾諾，急忙給毛興鴻換了杯熱茶。

方如玉冷冷道：「毛興鴻，涼茶去火，喝點涼茶對你有好處。」

林東站的位置離方如玉很近，這個女人獨來獨往，沒帶一個隨從，站在她的身後，不知為何，竟然覺得她的背影竟然給他虛幻的感覺，彷彿那裏坐著的不是一個實實在在的人，只是虛影罷了。

「這怎麼可能，我眼花了吧？」林東否定了自己的猜測。

一個小時過去了，段奇成洗洗手，從台子上走了下來，一臉疲態，為了不失手，他方才精神高度集中，過度緊張之後，便會產生極度的疲勞感。

「讓二位久等了。」段奇成抱拳一笑，一屁股坐到椅子上，端起茶杯，牛飲一般一飲而盡。

毛興鴻不放過任何打擊挖苦段奇成的機會，假惺惺地問道：「段哥，沒事吧你，怎麼累成這樣？」

段奇成年紀比毛興鴻長了幾歲，沒毛興鴻那麼狂傲，沉穩許多，毛興鴻雖然多次拿話刺他，也不見他動怒，反而一臉笑意。

「多謝毛兄關心，老哥好得很。」

吳覺沖走上前來：「三位少主，是否可以進行下一環節了？」

三人點點頭，吳覺沖挺直腰板，高聲道：「下面我將請兩位朋友幫我做個鑒證，這兩位朋友必須是三位少主都不認識的，有誰自薦的？」

馮士元推了推林東，一把將他推到了前面，而後自己也衝到了前面，舉手笑道：「您看咱倆行嗎？」

林東本不想做這勞什子鑒證的，哪知馮士元在他背後下黑手，冷不防把他推到了前面，林東朝馮士元看了兩眼：「馮哥，咱惹這事幹嗎？」

馮士元笑道：「老弟，撿大便宜了。待會誰拍下了這塊石頭，當場切開之後，如果真的是色貨，咱倆至少能分到幾萬塊。」

「兩位朋友嘀嘀咕咕說啥呢？」吳覺沖臉盆大的肥臉堆著笑，走了過來，緬甸人大多精瘦強幹，很少見到他這般肥胖如豬的身材。

「沒說啥，您看我倆成嗎？」馮士元笑著回道。

吳覺沖看了他倆一眼，轉身向毛興鴻三人問道：「三位少主，這兩人你們認識嗎？」

三人皆搖搖頭。

吳覺沖笑了笑：「二位朋友，就你倆了。」

林東問道：「那我倆具體要做什麼？」稀裏糊塗做了這個不知為何的鑒證，還不知道要鑒證什麼。

吳覺沖指了指林東：「你到台子上去，站在石頭旁邊。」

林東依言上了台子，站到了巨石旁邊。吳覺沖又跟馮士元交代了幾句，林東也聽清楚了，待會要他們倆做的事情其實很簡單，吳覺沖會給出一個底價，毛興鴻三人會將各自的報價寫成字條交給馮士元，由馮士元報出各自的報價，林東在巨石旁邊做好記錄。如有要繼續抬價的，則如前一輪一樣。

這樣一來，避免了三家直接喊價，便會少了一些火藥味，雖然這對吳覺沖不利，但這是雲南三大家族的傳統，既然他到了雲南，就該遵守三大家族的規矩，這個道理，吳覺沖是懂的。

林東站在巨石旁邊，一轉臉就能看到那個大如碗公的開口，他動了心思，倒不如來看一看吸收點能量，讓藍芒壯大起來，心想五百斤重的巨石，裏面蘊藏的能量應該足夠藍芒飽餐幾頓的了。

林東暗中轉動了腳步，身子微微往巨石側了些，用眼角的餘光盯著巨石的開口看了一會兒，果然，熟悉的感覺又回來了，藍芒從瞳孔深處衝了出來，巨石的開口處湧出一股濃烈的清涼之氣，遁入眼中，不過短短一兩秒，那清涼之氣便消失無蹤了，藍芒不甘心地又退了回去。

林東心裏一驚，那麼大的一塊巨石，從開口處看明明是色貨，怎麼蘊含的靈氣那麼少？林東隱隱覺得有些不大對勁，剛才的那陣涼氣雖然強烈，卻僅僅維持了一兩秒，看來這塊石頭必有蹊蹺。

吳覺沖將紙筆發放給毛興鴻三人，雙掌合十躬身道：「這塊石頭的貨色三位少主都已經看過了，在下開價兩百萬，如三位有覺得不值這個價錢的，可以放棄競拍。」

毛興鴻和段奇成相視一眼，鼻孔裏出氣，雙雙冷哼了一下，握筆在紙條上寫下了第一個報價。三人寫好之後，馮士元將字條收了過來，開始報價，林東則在巨石旁邊的一塊板子上做好記錄。

「段少爺開價兩百萬，方小姐開價兩百五十萬，毛少爺開價五百萬。」

馮士元念到毛興鴻的出價，場中頓時騷動起來，發出一陣陣議論。

「毛家果然財大氣粗，看來這一場，段方兩家的財力又要被毛家比下去了。」

「不是財力的問題，毛少爺目光如炬，說不定這塊石頭裏面全是色貨，那至少賣出上千萬的價錢。」

這些聲音斷斷續續傳入三人的耳中，毛興鴻一臉得意，段奇成則陰沉著臉，而方如玉卻是面無表情。

林東在毛興鴻的名字下面寫了五百萬，心想這傢伙傻了，價錢要一點點加嘛，幹什麼一次加那麼多。

「段哥，這塊石頭小弟很喜歡，您高抬貴手，讓給咱毛家吧。」

「毛兄，好石頭大家都喜歡，你怎麼不說讓給我呢？」

兩人本來就彼此都看不順眼，這火氣更是一觸即發。

毛興鴻敲著桌子，聲音陡然提高了一倍，眼神凌厲：「既然段哥不肯割愛，那就看誰腰包鼓！」

吳覺沖心中狂喜，他就要這種火頭，火越大，拍出的價錢越高，他賺得越多。

「二位，還有比毛少爺的五百萬更高的出價嗎？」吳覺沖一笑，臉上的肥肉便擠到了一塊。

方如玉朝毛興鴻看了一眼，目光冰冷，她已經看穿了毛興鴻的用意。

「我不玩了，你們繼續吧。」方如玉攤開手掌，放棄了競價，吳覺沖一陣心痛，才一輪下去，就退出了一人。

林東看著毛興鴻，試圖用藍芒去窺探他的心思，卻因離得太遠，根本無法窺測。

「這塊石頭真那麼好嗎？」

林東雖不懂辨認石頭的好壞，不過看毛興鴻志在必得的樣子，心中不禁產生了疑惑，依照剛才藍芒吸收到的靈氣能量來看，根本不多，但是看毛興鴻的出價，這似乎又是一塊極好的石頭。

林東心裏想，賭石大王的孫子也是人，說不定也有看走眼的時候。

段奇成眉頭一皺，握筆在紙上刷刷寫了一串數字，交給了馮士元。

「段少爺第二次報價六百萬。」馮士元故意拖長了聲音，讓那六百萬在廠棚內迴盪了好久。

毛興鴻拿起筆，寫了一串數字，馮士元接了過來。

「毛少爺第二次報價八百萬。」

「一定是好石頭，不然毛少爺不可能出那麼高的價。」

「極品也說不定……」

人群中再一次騷動了，交頭接耳，議論紛紛。

段奇成逼迫自己冷靜下來，對於這塊石頭，他一直心存疑慮，經過不久前一個小時的查驗，他還是拿不準這塊石頭到底是不是色貨，不過從開口來看，的確是很不錯。

為什麼毛興鴻屢屢提價？

段奇成托著腦袋，下面的每一步他都要非常謹慎，千萬不能走錯。賭石大王的孫子自從出道以來，從未看走過眼，這一次，他是不是真的確定這塊石頭的內部也如開口一般是色貨呢？段奇成不知該相信自己的眼光，還是相信毛興鴻的判斷。

如果真是塊好石頭，在那麼多世家望族面前被毛興鴻從眼前奪走，他們以後該更加瞧不起自己了。毛興鴻，你想將我踩在腳下，我會讓你得逞嗎？

段奇成內心經過激烈的爭鬥，終於做出了決定。

「段哥，該你說話了，再不說話，我就得多謝你承讓了。」

段奇成看了身邊的方如玉一眼，美人在側，如何也不能讓他毛興鴻那麼囂張。

「段少爺，該您了。」吳覺沖看了毛興鴻一眼，然後催促段奇成做決定。

「一千萬。」段奇成拍了桌子，茶杯都被震翻了，他站了起來，喊出了一千萬的天價。

「我出一千萬，姓毛的，你敢跟嗎？」

段奇成瞪大眼睛，挑釁地看著毛興鴻，一口惡氣吐了出來，頓時覺得全身通透，舒服多了。

段奇成中計了。

直到這一刻，林東終於明白了毛興鴻的用心，正是利用段奇成急於想戰勝他、寸步不讓的心理來使其喪失理智，一步步將段奇成引入他早已設下的陷阱之中。

「段奇成，你上當了。」方如玉歎息一聲，手一甩，一道白光激射而出，掛在了橫樑上，眾人眼前一黑，她已消失了。

毛興鴻站了起來，伸出手，「恭喜段哥，那塊石頭是你的了。」

段奇成直到此刻才醒悟過來，就像是泄了氣的皮球，萎頓地躺在椅子上，整個人都蔫了，臉色發青，一雙手直打哆嗦。

吳覺沖走了過來，笑道：「段少爺，石頭歸您了，一千萬您也該對賬了。」

段奇成揮揮手，神色頹然：「沒帶那麼多，明天你到我家來取。」

吳覺沖點點頭，既然段奇成開出一千萬的價，就不怕他賴賬，否則段家幾百年的聲譽何存，以後還有誰敢跟段家做生意。

毛興鴻吐出一口痰，白色的皮鞋壓在上面碾了碾，高聲道：「兄弟們，回家喝酒去。」一群人浩浩蕩蕩往外面走去。

吳覺沖跟在毛興鴻後面，低聲道：「毛少爺，明天收了錢，我立刻就把五百萬匯到您賬上。」

林東離得有點遠，不過他耳力極好，斷斷續續聽到了吳覺沖的話，頓時一切都明白了。吳覺沖夥同毛興鴻弄了一塊劣貨，合夥引段奇成上鉤，然後再分贓……

「這毛興鴻真是對不起他那張俊臉，真卑鄙。」

段奇成的人將那塊巨石運走了，吳覺沖給了馮士元和林東一人三萬塊錢，算是他們做鑒證的酬勞。

吳覺沖和毛興鴻聯手演了一齣好戲，騙了段奇成一千萬，林東拿他區區三萬塊錢，當然受之無愧。

馮士元和林東出了廠棚，雷子老遠看到了他們，將車開了過來。回去的路上，林東向馮士元瞭解了一下雲南玉石界三大家族的情況，從馮士元的口中得出了不少消息。

「馮哥，你有沒有覺得方如玉很奇怪？」林東問道。

馮士元答道：「你看出來啦？是不是那種朦朦朧朧看不真切，似乎隔了一層紗的感覺？」

馮士元的描述恰如林東對方如玉的感覺，林東沉吟道：「真他娘的邪門，為什麼會有那種感覺？」

「因為她會忍術。」

馮士元一語道破天機，原來，方如玉很小的時候便被家族送去了東瀛，在那裏生活了十幾年，相傳她師從當今東瀛忍術大家松本一郎，深得其師真傳，一身忍術出神入化，相當了得。

林東望著路旁黑漆漆的林木，風吹動，樹影晃動，風聲入耳，似乎夾雜著「嘶嘶」的聲音，心想雲南蛇多，說不定路邊的林子裏就有許多正在吐信的毒蛇。

車子往前開了不遠，看到一輛白色的路虎停在路邊，毛興鴻站在車旁，身邊一個保鏢都沒有。

「如玉，你出來啊……」毛興鴻扯起嗓子，朝路邊的密林吼道。

馮士元讓雷子將車熄了火，停靠在路邊，朝林東笑道：「老弟，今晚是好戲連播啊！」

「如玉，你出來啊，我有好多話想跟你說。」毛興鴻好不容易見到了方如玉，斷不肯放過這個接觸美人的機會，也不知他用了什麼手段，竟然能追蹤到方如玉的行蹤。

「毛興鴻，你別再跟著我，否則別怪我不客氣！」林子裏傳來方如玉冰冷的聲音。

「有個性，我喜歡。」毛興鴻低語兩句，邁步就朝林子裏走去。

嗖，林子裏射出黑漆漆的一根長條，毛興鴻獰笑，不閃不避，探手一抓，將那東西抓在手中，卻是軟乎乎的，瞬間就纏上了他的手腕。

蛇！

林東看得真切，毛興鴻手裏抓的是一條蛇，不過被他捏住了蛇頭，無法傷到他。

林東看得心驚，這毛興鴻好厲害，能一把捏住飛速射來的蛇頭，這份眼力與手法絕對令人驚歎，看來這毛家三世祖也是練家子，武功不差。

毛興鴻玩弄捏在手裏的那隻蛇，一使勁，便將那蛇頭捏爆，蛇失去了生機，緊緊纏繞在他手腕上的蛇身很快便鬆了下來，一條直線垂了下來，被毛興鴻扔在了路邊的野草叢中。

林東三人看得毛骨悚然。

「如玉妹妹，你出來啊，不然我進去找你了。」毛興鴻又吼道。

嗖、嗖、嗖……

一連串的破空聲傳來，箭雨一般，幾十條毒蛇連珠箭朝毛興鴻身前射來。毛興鴻目光一冷，輕哼一聲，手中寒光閃現，不知從哪來摸出了一柄弧形小刀，也不知他用了何種手法，小刀在他手中疾速轉動，藍色的刀光忽明忽暗，血光四濺，射到他胸前的蛇失去了動力，紛紛落下，摔在地上，變成兩段。

雷子看傻了，方才的那一幕，他只在電影中才看過，沒想到真的有人能那麼厲害！

「馮老闆，咱走吧，被他發現，會不會宰了我們？」雷子瑟瑟發抖，已經沒有了方才看好戲的心情，只想立即逃離這裏。

林東和馮士元也是越看越心驚，雲南玉石界的三大家族，底蘊深厚，藏龍臥虎，沒想到毛興鴻年紀輕輕居然就那麼了不得，光憑他方才的手法，已經足夠震驚世人的了。

「老弟，撤嗎？」馮士元也不想看了，再看下去，說不定真的要惹禍上身。

林東點點頭，「撤不過，他的車快，要是追我們肯定追得上，必須讓他的路虎故障。」

馮士元撓撓腦袋，「怎麼樣才能讓他的車故障？」

林東抿嘴，心思百轉，低聲道：「爆胎。」

雷子問道：「咱們又沒槍，難道拿刀下去扎不成？」

「有釘子刺沒？在他車底下灑些，只要他一發動，保準爆胎！」林東問道。

雷子一臉興奮，「正好有那玩意兒！」他找出一盒釘子刺，遞給了林東。

「夠嗎？」雷子問道。

林東點點頭，「只要有一個扎進車胎裏，就爆胎了。」

毛興鴻已經走到了樹林邊上，他開始小心起來，忍者最厲害的是佈置陷阱，心想方如玉必然已經在林子裏布下了陷阱，就等他上鉤了。

「哼，本少爺抓到你，一定撕爛你的皮衣……」黑暗中，毛興鴻露出猙獰恐怖的笑容，足尖一挑，抓起一根樹枝，投石問路，往前面扔了出去。

「雷子，等毛興鴻進了林子你再發車，發動之後，什麼也別管，往前開就是了。」林東低聲吩咐，令他奇怪的是，方如玉是個忍術高超的忍者，怎麼會讓毛興鴻盯上了，為什麼藏在林子裏不走呢？

「如玉妹妹，全身發熱了吧？快出來吧，讓哥哥給你去去火，一定讓你欲仙欲死。」毛興鴻探明了前方沒有陷阱，抬腳邁步進了林中，發出淫笑。

方如玉躲在林中，她萬萬想不到毛興鴻會在茶水裏下了藥，那藥無色無味，她喝下之後竟也沒有察覺，直到她出了廠區，藥效漸漸發作，這才感到異常，可惡的毛興鴻竟也在此時跟來了。

方如玉坐在樹杈上，調整呼吸，以忍之道來克制藥力。這藥力已令她暫時失去了行動能力，不過她跟松本一郎學過排毒的密法，只要再給她一刻鐘的時間，必然能將體內的藥排出體外。

「毛興鴻，你膽敢對我下毒。」

一時之間，竟從三面傳來了方如玉的聲音，毛興鴻對她的忍術頗為忌憚，頓時停住了腳步。那藥是他從泰國名家手裏高價買的，藥力霸道，他之前已經在幾個良家婦女身上試過，難道竟拿不住方如玉？

林東終於明白為什麼方如玉甩脫不了毛興鴻了，竟是這卑鄙無恥的傢伙下了藥。

林東朝馮士元看了一眼，低聲道：「馮哥，毛興鴻這小子絕對是個壞種，能讓他如意嗎？」

馮士元目中閃過一抹狂熱之色，他是個愛湊熱鬧的人，遇到了那麼有趣的事情，豈能一走了之。

「老弟，我們不能眼睜睜地看著這小子使壞，一定要壞了他的好事。」

雷子掉頭，苦著臉，「兩位，我們別惹事了好嗎？趕緊溜吧，這件事我們管不了的。」

「閉嘴！」馮士元朝雷子低喝了一聲，扔給他一疊鈔票，看在錢的份上，雷子終於豁出去了。

毛興鴻在原地站了一會兒，忽然想通了，若方如玉沒事，以她飛天遁地的手段，早就逃之夭夭了，怎麼會跟他在這囉嗦？

「察蔡老禿驢的藥果然厲害，哈哈，如玉妹妹，哥哥來了！」

毛興鴻膽大了起來，折了幾根樹枝，用來破除方如玉設下的陷阱。

「兄弟，怎麼辦？」馮士元急了，若讓毛興鴻找到方如玉，單憑他和林東，根本不是那畜生的對手。

林東腦筋急轉，沉聲道：「雷子，發動，開到前面，在毛興鴻車子旁邊停下來，不要熄火。」

雷子不知他要幹嘛，依林東所言，將車開到了路虎旁邊。

林東將頭探出車外，朝著林子的方向，扯起嗓子喊道：「段少爺，我們找到毛興鴻那小子的車了，你快帶兄弟們過來，他就在這裏。」

毛興鴻夥同吳覺沖騙了段奇成一千萬，肯定害怕段奇成會尋仇，林東裝作段奇成的人，目的是要嚇嚇毛興鴻這畜生。

毛興鴻聽到路上有人喊話，頓時停住了腳步，將手中的樹枝狠狠折斷，怒火萬丈，段奇成竟然此刻跑來壞他好事。

「段少爺，你們快到了啊，來了多少人？我看這回這小子插翅難飛了，待會咱剁了他，就地扔進路邊的林子裏餵野豬。」

毛興鴻聽了這話，進退兩難，好不容易就能一嘗夙願，破了方如玉的身，沒想到這時段奇成竟帶人來了，真讓他著急上火，一時亂了方寸。方如玉瞧見破綻，從樹枝上抓了幾條毒蛇扔了過去，去勢如箭，毛興鴻一時不防，被毒蛇咬了一口，半邊身子立時便有了麻痹感。

「可惡，段奇成，本少爺非得玩死你！」

毛興鴻終於捨了方如玉，抱著受傷的胳膊，跑出樹林。

「雜毛別跑，快給老子站住。」林東和馮士元下了車，虛張聲勢，毛興鴻如驚弓之鳥，嚇得趕緊鑽進了車裏，一溜煙跑了。

雷子從車上跳了下來，興奮無比，「馮哥、林哥，他真的嚇跑了！」

馮士元襯衫裏的背心都被汗水浸透了，冷風吹來，背後涼颼颼的，毛興鴻的手段之毒辣，他是親眼所見，剛才若嚇不走他，他三人就麻煩大了。

「老弟，沒看出來，你膽子還真夠大的！」馮士元朝林東豎起大拇指。

林東擺擺手，到現在心還一直狂跳，剛才實在是有點冒險，「馮哥，是非之地不可久留，咱走吧。」

方如玉盤坐在樹杈上，此刻已經將體內的春毒逼出了七八分，運起目力，卻只看到林東的背影，眉頭一皺，已將他和馮士元認了出來，心道原來是今晚做鑒證的兩人救了她。

雷子不敢耽擱，上車之後，開足了馬力，直奔賓館開去，這一路竟然只開了平時一半多點的時間。將林東和馮士元送到賓館，雷子就開車走了，這一晚上提心吊膽的，魂都嚇散了，必須得去找個妞耍耍，犒勞一下自個兒。

「老弟，明晚咱就不去了，剩下的這幾天好好看看風景。」二人進了電梯，馮士元說道。

林東點點頭，明白馮士元的用心，他們已經得罪了毛興鴻，最近還是避避風頭比較好。

進了房間，高倩正在看電視，林東把口袋裏的三疊鈔票往床上一扔，就要去洗澡，卻被高倩叫住了。

「喂，你和老馮去搶劫啦？」

林東笑道：「怎麼可能，這錢是別人給的，我和老馮一人三萬。」

高倩來了精神，從床上跳了起來，驚問道：「快說說，到底怎麼回事，這三萬塊是怎麼掙來的？」

林東出了一身汗，急於洗澡，衝進了浴室，邊洗邊說，高倩隔了一道門，豎起耳朵聽他講述今晚的驚險經歷，聽到驚險處，真想親身經歷一次。

高倩靠在門上，一臉興奮：「下次有這種事情，你也帶我去。聽你講完，我都忍不住想親身經歷一次，真的很好玩。」

林東差點吐血，以毛興鴻的手段，殺他們易如反掌，跟他作對可是賭腦袋的事情，這高大小姐竟然覺得好玩。

接下來的幾天，導遊段嬌霞帶領他們遊玩了騰沖和瑞麗的各處名勝，林東和高倩各自買了不少東西，打算帶回去送給公司的同事。週五晚上，他們坐車到了昆城，乘飛機回到了廣南市。

眾人在廣南市歇息了一天，週六晚上，馮士元又宴請了眾人。大家經過一個星期的相處，彼此間早已熟悉，成為了好朋友，眼看分別在即，心中都是頗為不捨，洪威這個東北大漢喝了不少酒，倒也是性情中人，喝著喝著竟然哭哭啼啼，吵著嚷著林東有時間一定要去東北，他要請林東喝東北的酒，吃東北的菜，泡東北的妞。

吃完了飯，大家在包廂裏合影留念。

第二天一早，大家各自退了房間，分道揚鑣，開始了回程。馮士元開車送林東和高倩到了機場，臨行前說了幾句客套話，林東和高倩登機之後，他就走了。

飛機降落在溪州市的機場上，林東一個人拎著大包小包跟在高倩後面，高倩這次玩得特別開心，一路上不斷說著旅行期間發生的事情，回味無窮。

高倩取了車，林東將行李和帶回來的禮物塞到了後車箱，坐到高倩旁邊，這才想起手機還關著。一開機，就收到了馮士元的簡訊。

「老弟，卡我放在了你的背包裏，下次來廣南，一定通知老哥。」

林東這才想起早上馮士元送他們去機場的時候，上車之前，馮士元幫他將行李放在了後車箱裏，一定是那時候把卡塞進了林東的背包裏。老馮知道當面把錢給林東，林東一定不會要，於是就想了這個法子，把錢存在卡裏，不聲不響塞進了林東的包裏。

林東收起手機笑了笑，心道他固執，而這老馮也是個固執的人，拿他沒辦法。

高倩開車把林東送到大豐新村，她爸爸高五爺一早打電話來說等她吃中飯，匆忙告別了林東，開車回家去了。

林東拎著東西進了自己的小院，秦大媽剛做好了飯，看到林東回來，歡喜得很。「渾小子，回來啦！」

林東應了聲，「哎，大媽，我回來了，給你帶了好東西。」回到自己屋裏，林東放下行李，就將買來送給秦大媽的禮物拿到了她屋裏，秦大媽心裏歡喜，知道林東心裏惦記著她，嘴上卻罵他瞎花錢。

「好香啊，大媽，你燉了蹄膀？」

秦大媽笑道：「狗鼻子真靈，知道你今天回來，一早就去菜場買了隻蹄膀，燉一上午了，香吧。」

林東真是餓了，咽著口水，跑進廚房，揭開鍋蓋一看，秦大媽不僅燉了蹄膀，還燒了半鍋雜魚，鍋邊上貼了玉米餅子，饞得他口水差點掉進鍋裏。

「去洗手去。」

秦大媽把林東趕出了廚房，開始盛菜。林東洗好手，秦大媽已經將菜盆端到了桌上，掰了一塊玉米餅子給林東。林東猛吃了一會兒，這才慢悠悠的跟秦大媽講起這次旅行中發生的趣事。一老一少，邊吃邊聊，其樂無窮。

吃完了飯，林東回了自己屋裏，在背包裏找到了馮士元塞給他的銀行卡，拿了卡到大豐廣場上的取款機前，查詢了帳戶金額，果然是十萬塊

林東心想這錢他暫時先用著，等到下次有機會見到馮士元一定要還給他。走到李懷山的小院前，門卻鎖著，林東拍拍門，在外面喊了幾聲，裏面靜悄悄的，無人應答。

「二飛子大白天的不開門做生意，跑去哪兒呢？」

林東掏出手機，給林翔打了個電話。

「二飛子，你們不在家去哪了？」電話一接通，林東就問道。

林翔答道：「東哥，你回來啦。我在醫院，強子受傷了。」

林東隱隱覺得在他不在的這段時間有事情發生，急問道：「怎麼回事？」

林翔一五一十地說了出來，前幾天劉強去電腦城進貨，回來的路上被以前一起看賭場的小混混撞見了，幾個人非要拉著劉強去喝酒，劉強不願再和這幫人打交道，裝作不認識，一言不合，小混混們動手了。劉強寡不敵眾，左腿被劃了一刀，雖然沒中要害，但傷口很深，影響行動，在醫生的強烈要求下住了院。

「二飛子，出了那麼大的事情為什麼不告訴我？」林東有些惱火。

「東哥，你在外面玩，我和強子不想讓你擔心，所以沒告訴你。」

林東收了電話，急忙趕去劉強所在的醫院。林翔和劉強的心思他理解，可越是這樣，他就越是覺得自責，這兩個都是他老家的弟弟，沾親帶故的，林東原以為會有能力照顧他倆，卻沒料到發生了這種事情。

不能就那麼算了。林東下了決心，必須要為劉強討個說法。軟弱只能躲避一時，必須強硬到讓對手害怕，才能避免再次受到傷害。

林東趕到醫院，進了病房，正看到劉強躺在病床上，左大腿上裹著紗布，林翔則坐在床邊唉聲歎氣，美好的生活才剛剛開始，卻被這突如其來的事情打亂了原先的計畫。

自開張以來，生意好得出乎林翔和劉強的期待，正當他們描繪未來美好藍圖的時候，卻被人一刀將他們尚未完工的藍圖砍碎了。

林翔和劉強最擔心的就是那幫人會不依不饒纏著不放，那就麻煩了，萬一哪天他們找上了門，店說不定就要毀了。

「強子，怎麼樣了？」

進了病房，林東首先問了問劉強的傷勢。二人見林東到了，像是迷航的船看到了引航的燈塔，林翔嘴唇囁嚅，眼淚在眼眶裏打轉，而劉強則像是沒事人似的，朝林東笑了笑。

「東哥，沒大礙的，皮肉傷而已，好在沒傷到筋骨，傷口癒合就痊癒了。」劉強坐起身來，笑道。

「還說沒事，肉都翻出來了，流了一灘的血。」林翔眼含淚花。

「傷倒是小事，只是買的東西都被他們砸壞了，損失了好幾千塊。」

「幾千塊錢算什麼，最重要你沒大礙就好。強子，你仔細給我說說那天的情況。」

劉強沒帶情緒，原原本本地還原了那天發生的事情。那幫小混混拉劉強繼續回賭場看場子，劉強說已經找到工作，不願回去，後來一個叫「三哥」的混子說了一句「敬酒不吃吃罰酒」，揮揮手，眾人一擁而上，將劉強按在地上揍了一頓。

聽完劉強的描述，林東問道：「你腿上的刀傷是誰砍的？」

「是那個『三哥』，他趁我被按在地上的時候砍的。」

「強子，你認識他嗎？」

「之前見過一兩次，牛氣得很，不過是狐假虎威，借了他兩個哥哥的名氣，到處耍威風，一般的小混子都敬他三分。」

兩個哥哥？

林東記得上次陳飛一夥人當中就有個叫李三的傢伙，便問道：「強子，那人姓『李』是不是？」

劉強點點頭：「東哥，你怎麼知道？」

林東握緊拳頭，冷冷道：「我想他應該認識我，強子，你什麼也別想，養好傷，哥帶你找他算賬去。」

劉強和林翔都是一驚，根本沒想過去算賬，躲還來不及，不明白林東為什麼還要去惹他們。

「東哥，我看就算了吧。」二人齊聲道。

林東笑道：「沒事，我自有主張。二飛子，你們應該沒錢了吧，跟我到樓下繳費大廳去，我來時看到有取款機的，取點錢給你們。」

「不用了東哥，還有千把塊。」林翔拉住林東，實在不想再讓林東掏錢給他們用。

林東拍拍他：「醫院花錢如流水，你那千把塊夠幹嘛的？別跟我客氣，都是自家的兄弟，走吧。」

林翔跟在林東後面，林東從取款機內取了一萬塊錢給他，囑咐他多買些好吃的給劉強補補身體。

星期一的早上，林東提著帶給公司同事的禮物，乘公車到了公司，趁同事們還沒到，他已將禮物放在了每人的桌子上。八點一刻之後，同事們陸續到了公司，看到禮物都向林東致謝。

「小子，挺捨得花錢啊。」紀建明見林東給每人都送了禮物，心想完全沒這個必要。

林東笑而不語，有些人送了而有些人沒送，必然會引起非議，倒不如多花點錢，每個人都送，堵住某些人的嘴。

高倩也到了，拎著大包小包進了公司，開始派送買給同事的禮物，她花錢一向大手大腳，也是人人都有份。

徐立仁很晚才到，開完了晨會，他才提著早餐進了辦公室，看到桌上放著的禮物，心裏明白了。

「高倩，謝謝你。」他明知林東也送了，卻只向高倩一人致了謝，林東心知徐立仁對他的心結還未解開，卻不知如何去做，而此刻徐立仁的心裏已經在給林東算倒數計時了。

周竹月重新上班了，她的傷口好了，卻在白皙的手腕上留下了一道永遠無法抹去的紅色疤痕，一如心裏的那道傷疤。

「林東，這是你的獎盃。」

周竹月把黑馬大賽冠軍的獎盃送到了林東手裏，林東看了她一眼，一臉的憂鬱，雖然強顏歡笑，卻掩不住笑容背後的落寞與哀傷。

「周助理，謝謝你。」林東雙手接過了獎盃，向周竹月致謝，獎盃上印了他的名字，是一份榮譽。

五嶺礦產在上周的五個交易日內連續漲停，林東昨晚與玉片溝通之後，得知這支股票還會漲停，也就不急著出貨，這一次他和那些跟著買的客戶都賺翻了。

做完每天的例行公事，林東剛想出公司，卻接到了郭凱的電話。

「溫總要見你，你趕緊去她辦公室吧。」

林東皺眉想了想，不知道溫欣瑤找他何事，不過領導召見，他也不能躲著不見，於是懷著忐忑的心情敲開了溫欣瑤的辦公室。

「溫總，您找我？」

溫欣瑤正在打電話，見他進來，指了指對面的椅子讓林東坐下。過了五六分鐘，溫欣瑤打完了電話，推給林東一份合同。

「看看吧，如果沒有意見就簽了吧。」

擺在林東面前的是一份公司的投顧入職合約，林東心中一喜，原來是要給他升職。

「魏總已經批了，你和劉大江在這次黑馬大賽中表現非常出色，所以提拔你們到更適合的崗位發揮所長，沒問題吧？」

林東笑道：「感謝魏總和溫總的栽培，我當然沒問題。」

「好，那你把合同簽好，然後送到財務孫大姐那邊去。」

林東點點頭，拿著合同回到了辦公室，紀建明等人圍了上來，忙問道：「林東，快說溫總找你什麼事？」

把手裏的合同亮了出來，林東拍拍胸膛，高興地說道：「我要調到別的部門了，今晚西湖餐廳我請客。」

紀建明等人將他手中的合同搶了過去，驚呼道：「哇，底薪一萬的投顧！」

辦公室內頓時投來許多羨慕嫉妒的眼光，這間辦公室，底薪最高也就兩千五，林東以後就是底薪一萬的投顧了，他們當然羨慕嫉妒。

而徐立仁則是滿心的恨。他拿著手機上了樓頂，撥通了證券業監管部門的電話，詢問他舉報的事情有沒有調查，對方答覆調查已經結束，處罰通知即將下發。

「你們什麼辦事效率？調查取證有那麼難嗎？拖那麼久，小心我投訴你！」徐立仁朝著對方狂吼，掛斷了電話。林東就快升職了，以後就高他一等了，在高倩眼裏就更沒有徐立仁的位置了。

「林東，我要你身敗名裂。」

徐立仁握緊拳頭，朝身前的鋼管狠狠踹了一腳，卻被反彈的力量震得摔了一跤，疼得他齜牙咧嘴。

「連你也要跟我作對！」徐立仁爬了起來，瘋了似的朝著鋼管狂踹，發洩心中怒氣，鞋底都踹得脫膠了，鋼管依然完好無缺。

林東將合同填好之後，交到了財務孫大姐手裏，然後打電話給林翔問了問強子今天的情況，便提著送給銀行員工的禮物出了公司。

到了銀行，林東將送給櫃員的禮物交給了劉湘蘭，便提著包上了樓，敲開張振東的辦公室。

「張行長，上周公司組織去雲南旅遊，給您帶了兩條當地的名煙。」林東把煙推到張振東面前，張振東也不客氣，收進了抽屜裏。

林東和張振東瞎扯了一會兒，時間將近中午，林東起身告辭。出了銀行，林東回公司吃了午飯，打算下午的時候去集古軒走一趟，這次雲南之行，他也給傅家父子帶了禮物，並對他們的多次照顧表示感謝。

中午還是豔陽高照的晴好天氣，等林東吃完午飯，已經是天雷滾滾，一場大雨即將到來。

「這鬼天氣，真是多變……」

林東帶著傘，出了公司往古玩街走去。

林東走到了古玩街，抬頭看了看黑雲壓頂的天空，狂風大作，眼看一場暴雨就要來臨。來到集古軒門前，推門進去，店裏很冷清，沒有生意。

林東在廳內掃視一眼，沒有看到傅家琮，卻聽到一聲女音，冷冷的。

「你找誰？」

林東循聲望去，這才看到正從樓上下來的一個女生，十八九歲的樣子，紮著馬尾，身材高挑，穿著緊身的襯衫長褲，從樓梯上一級一級走下來，卻未發出半點聲響。

「你好，我找傅大叔，請問他在店裏嗎？」

這女孩微微蹙眉，心想這男的口中的「傅大叔」應該就是她的父親傅家琮。

「爸，樓下有人找你。」女孩朝樓上喊了一聲，下了樓梯，出了集古軒，整個過程中看也未看林東一眼。

傅家琮端著紫砂壺，慢悠悠地下了樓，一看林東站在廳中，便加快了腳步，笑道：「小林啊，好久不見了。」

林東把帶來的禮物送上，笑道：「傅大叔，上周去了趟雲南，給您和傅老爺子帶了點東西，不值錢，不成敬意。」

傅家琮放下茶壺，雙手接下：「有心就好，有心就好啊。」

「老爺子身體還好吧？」林東和傅家琮閒聊了一會兒，聊起最近的狀況，以及在騰沖經歷的賭石事件，不到半個小時就從集古軒出來了。

出了集古軒，沒走多遠，豆大的雨點開始往地上砸，打在身上，生疼。林東趕緊撐起傘，加快腳步往公司走。雨越下越大，遮天蓋天的雨披在狂風中飛揚，更有些行人被大風吹得摔倒在地。

林東的傘是大學時期的，用了四年多了，破舊不堪，被大風一吹，筋骨折了。

「老夥計，再見了。」林東把破傘扔進了垃圾桶裏，蹚水往公司跑，從上到下，被大雨澆了個透心涼。

蘇城舊城區的排水系統不大好，大雨下了十來分鐘，地面上的積水已經有七八公分深了，林東一腳踩下去，濺起老大的水花，等他到了公司，全身上下已經沒有一處乾爽的地方，急急忙掏出手機，還好沒進水。

紀建明等人看他這樣，紛紛開口大笑。

「林東，你小子……哈哈……」

「今晚的飯局估計得取消了，我都成落湯雞了，我得回去換衣服。」林東便和紀建明等人說著，便拿出電話給郭凱撥了過去，向他請假。

「林東，你小子從明天開始就不歸我管了，別的我也不多說了，趕緊回去換衣服吧，好好幹，我看好你！」

第八章

升職第一天的炸彈事件

林東上了樓，開始收拾物品，心想真是可笑，

升職第一天，剛搬進新辦公室，環境都未熟悉，就要永遠跟元和說拜拜了。

這一天之中發生了太多事情，升了職，拿到了編制，

誰知老天卻跟他開了那麼大的玩笑，一手送來了糖果，另一手卻藏了炸彈。

週二早上，林東早早到了公司，進了辦公室，在原先的辦公桌前坐了下來，打開電腦，一如往常開始流覽財經資訊。

八點一刻過後，同事們紛紛到了公司，紀建明到了之後，一看他坐在這裏，驚問道：「林東，你怎麼還坐這裏？」

林東抬頭看了看他，這才恍然想起他已經不屬於拓展部了，不好意思地對紀建明笑了笑，找來一個紙盒，將辦公桌上屬於他的私人物品裝了起來，然後去財務孫大姐那裏領了鑰匙。他現在升任為投資顧問了，有自己獨立的辦公室。

外面的雨越下越大，氣象台發佈了大風警報，颱風登陸了蘇城，最大風力有十二級。

「林東，今晚西湖餐廳啊，你小子別想拖。」紀建明笑道。

「不就一頓飯嗎？哥兒們請得起。今晚就今晚，晚上好好陪你喝幾杯，到時候你別認輸就行。」說完，抱著紙盒上了九樓。

一到九樓，就看到屬於他的辦公室。取出鑰匙打開了門，這間辦公室雖然不大，卻是屬於他的，林東將紙盒放下，將辦公室整理了一下。

「林東，來啦。」劉大江的辦公室就在林東的隔壁，他兩同時升為投資顧問，他見林東的辦公室門開著，過來打聲招呼。

「大頭，今晚一塊吃頓飯，西湖餐廳，下班就過去。」

劉大江雖是林東的勁敵，但私下裏二人的交情不錯。

「有飯局當然去了，好了，我過去了，你先忙著吧。」

林東將辦公室整理好之後，開始了他第一天作為投資顧問的工作。按照慣例，以前的客戶還是由他來服務，公司也將劃分一些原本屬於營業部的客戶來給他服務，不過暫時他還未接管到其他客戶，所以目前來說，服務以前的客戶就是他全部的工作。

作為投資顧問，不必跑到下面的大會議室去開晨會，在自己辦公室的電腦上就能看到總部分析師的報告。進元和半年多了，林東習慣了每天早上聽聽總部分析師對國內以及週邊市場的看法，從中可以得到不少有用的資訊。打開電腦上的軟體，看完晨會之後，林東正式開始一天的工作，首先是將方才聽到的財經資訊進行篩選，整理出一些有用的資訊，進行提煉，然後編輯成簡訊群發給客戶。

發送完簡訊，林東開始給一些許久未聯繫過的客戶打電話，在和客戶的交流溝通之中，可以發現客戶的需求，運氣好的，說不定還能從客戶那邊挖到資源。打了一通電話，林東起身去倒了杯水，孫大姐敲門走了進來。

室。

「林東，魏總說要給你們辦營業部的編制，如果沒意見，你就把資料填好之後給我。」孫大姐放下幾張紙，離開了辦公室。劉大頭拿著資料走進了林東的辦公室。

「林東，這回魏總可真是大方啊，一下就發了兩個編制，咱倆運氣不賴。」

在證券公司，有編制的員工和無編制的員工完全是兩種待遇，有編制，代表高福利、高收入，而且工作輕鬆。在元和證券，有編制的員工要麼是工齡很長的老員工，要麼是有背景有後台的員工。林東記得，高倩就是有編制的。

「這下好了，有了編制，公積金會多交很多，我還房貸也會輕鬆許多。」

劉大頭雖是蘇城本地人，但父母都是農民，家境一般，能有今天，全部是靠自己一步步努力打拚出來的，去年他剛買了房，每個月要還五六千的房貸。他每天睜開眼就想到欠銀行兩百塊錢，這筆房貸就像小山一樣壓得他喘不過氣來。

兩人商量著怎麼填資料，填好之後，劉大頭把他的那份交給林東，讓他帶下去一起交給孫大姐。

「嘿，你小子怎麼下來了？怎麼樣，還是咱們下面好吧？」

崔廣才見林東進了八樓的集體辦公室，開玩笑道。

林東亮了亮手裏的資料：「來把辦編制的資料遞給孫大姐。老崔，我剛才跟老紀說過了，今晚西湖餐廳啊？」

「怎麼好事接二連三找上你，撞大運啦？」

營業部的編制可比那一萬塊錢的底薪更惹人眼饞，大家紛紛向林東投來熾熱的目光。

徐立仁也在辦公室，畢竟是同一批進公司的同事，林東有意和他修好關係，便笑道：「立仁，今晚西湖餐廳，我請大家吃飯，你也來吧。」

徐立仁抬頭看了他一眼，也不說話，又低下了頭。

「喂，立仁，你還記得欠林東一頓西湖餐廳嗎？這回人家請你，你還拽啊！」崔廣才見徐立仁這副德行，頗為惱火。

林東笑了笑，能做的他都做了，如果徐立仁還那麼敵視他，他也沒有辦法。將資料送給了孫大姐，林東就上了樓。外面的雨還是那麼大，跟盆潑似的，估計得等颱風過了之後才會天晴。

下午的時候，高倩來到了林東的辦公室，給他帶來兩盆植物，蒼翠蔥綠，看上去很舒服。

「幫你放在窗台上，不要長時間盯著電腦，隔一會兒你就看看盆栽，那樣眼睛會舒服些。」高倩把盆栽放好，在林東的辦公室內四處看了看，見物品擺放雜亂無章，不禁皺了皺眉，動手幫林東收拾。

「太亂了，你們男人，哎，沒個女人怎麼行？」

高倩邊歎息邊忙活，林東站在門框下面看著她忙碌的身影，幸福感油然而生。

高倩將林東的辦公室重新收拾了一遍，站到他身邊笑問道：

「是不是比之前看上去舒服多了？」

「嗯，謝謝你。」

「親我一下。」

「啊？這裏啊，在辦公室，被人看到多不好？」

「我不管，就要在這裏，現在就要。」高倩耍起性子，嘟著粉嫩的小嘴。

林東抿著嘴，顧忌地看了看四周，把高倩往裏面推了推，關上了辦公室的門……

「不許關門……」

「林東，到我辦公室來一趟。」溫欣瑤給林東打了個電話，只說了一句話便掛斷了，語氣冰冷。

林東掛了電話，就去溫欣瑤的辦公室。這都快下班了，也不知道這冰美人找他做什麼。

「溫總，您找我？」

溫欣瑤也不讓林東坐下，冷冷道：「和我一起去魏總辦公室。」

二人來到了魏國民的辦公室，魏國民黑著臉，顯然心情很差。

「林東，你怎麼能犯這種錯誤，現在就算公司想保你也保不成了。」林東一進門，魏國民拍著桌子，怒氣很盛，狠狠看了林東一眼，聲音很大，外面辦公室的同事不知發生了何事，小聲嘀咕起來。

徐立仁笑了，該來的終於來了，只不過這一天似乎讓他等太久了。

「林東，你玩完了……」

徐立仁心情大好，開始打電話約人喝酒，今晚他不醉不歸。

魏國民將事情說給了林東聽，他擔心的事情終於發生了。林東知道，目前擺在眼前的只有一條路——離職。如若不然，等待他的將會是公司總部發來的開除信和全系統內的通報批評。

溫欣瑤見林東面無表情，語氣溫柔地道：

「林東，公司也是沒法子，如果不是海安，或許還有商量的餘地。」

在蘇城，海安一直將元和視作眼中釘，海安的老總姓鄭，名紅梅，是魏國民的前妻。魏國民曾經做過對不起她的事情，深深傷害了這個女人，從此以後，鄭紅梅就將魏國民視作最大的仇人，凡是能讓魏國民不痛快的事情，她都樂於去做。這些年她不惜代價，從元和挖走了不少人，這一次監管部門接到舉報之後去海安調查取證，鄭紅梅極力配合，很快找到了林東在海安散戶大廳拉客戶的錄影。

魏國民壓住了火氣，他也不願看到一個優秀的員工就這樣離去，不過他無能為力。

「林東，感謝你半年多來為公司做的一切。無論你做過什麼錯事，都無法抹滅你在公司創下的輝煌成就。公司會記住你，同事們也會懷念你。我會讓財務多發三個月的薪水給你。」

魏國民說完了，他能做的也就那麼多。

「謝謝魏總，我這就去拿離職報告。」

林東站起身來，對魏國民和溫欣瑤鞠了一躬。從魏國民的辦公室走出之後，一群同事圍了上來，關切地問他發生了什麼事。

林東強顏歡笑：「朋友們，明天大家就看不到我了。」

「啊？」

一陣驚歎聲過後，眾人面面相覷，仍是不知道發生了什麼，只有高倩知道是那件事事發了。

「徐立仁？」

高倩狠狠瞪了徐立仁一眼，不明白林東哪點對不起他，他要做得那麼絕。

林東填完了離職報告，和孫大姐說了一聲「再見」，孫大姐哀歎一聲，心想那麼好的一個小夥子到底得罪了誰，要那麼害他？

林東上了樓，開始收拾物品，心想真是可笑，升職第一天，剛搬進新辦公室，環境都未熟悉，就要永遠跟元和說拜拜了。

這一天之中發生了太多事情，升了職，拿到了編制，誰知老天卻跟他開了那麼大的玩笑，一手送來了糖果，另一手卻藏了炸彈。

「徐立仁！」

林東追悔莫及，早知今日，當初他就不該跟徐立仁講什麼情面，當得知他陷害自己之後，就應該給予他相應的懲戒，而不是婦人之仁。

我放你一馬，你卻捅我一刀！林東怒了。

他的私人物品很少，仍然是用上午的那個紙盒，收拾齊全之後，將高倩送給他的兩個盆栽放在最上面，抱著紙盒離開了公司。進了電梯，電梯的門關上又開了，進來的人正是徐立仁，一副小人得志的樣子。

「喲呵，林大投顧嘛，這是搬家吶？」

徐立仁嘻嘻哈哈，一臉的得意，林東這個討厭的傢伙，終於敗給了他，他才是最後的勝利者。

「鄉巴佬，我早說過，你不是我的對手，也不照鏡子瞧瞧自己的熊樣？我一句話就能讓你從天上打入地下，別說工作沒了，過不久我讓你女人也沒了。哼，高倩怎麼會看上你這個窮鬼，她遲早會投入我徐立仁的懷抱。」

「哦？徐立仁，你只會像個娘們一樣在背後耍點陰招嗎？上次陳飛把你揍得慘吧！」林東開始反擊，他要激怒徐立仁。

徐立仁眼一瞪，怒道：「原來是你讓陳飛揍我的，林東，我、我……」

電梯已經過了一樓，林東沒有出電梯，他還有些事情要辦。

「瞧你那慫樣，能像個男人一樣嗎？」

林東挺起胸膛：「我就在這裏，你能拿我怎麼樣？」

電梯的門開了，林東和徐立仁爭著出電梯，兩人擠在了一塊，徐立仁哪是林東的對手，林東稍微使了點勁，就把他擠得踉踉蹌蹌，差點摔倒。

林東鄙夷地看著徐立仁，徐立仁被他的眼神徹底激怒了。

「老子跟你拚了……」

徐立仁衝上來，抱住林東的腰，想要把他摔倒在地，發了幾次力，林東就像是紮根在地裏一樣，任他如何使勁就是穩如山。

「滾開！」

喝了一聲，林東抬起膝蓋，一下撞到了徐立仁的胸口，這一下裹挾著林東的怒火，力量奇大，只聽一聲悶哼，徐立仁抱著胸口倒在了地上。

「就這點能耐還敢來招惹我？」林東呸了一口，徐立仁被他話語相激，又衝了上來。這一下，林東沒讓他近身，直接一個側踢，擊中了他的小腿，徐立仁失去支撐，轟然摔倒，頭磕在了水泥地上，破了，血嘩嘩地往外流，滴了一地。

林東步步相逼，向徐立仁走去，怒火在胸腔裏燃燒，眼前的這個人，他恨不得一腳將他碾死。

「你、你要幹什麼？」林東紅了眼，徐立仁怕了：「別過來，我要報警了。」

徐立仁慌忙掏出手機，沒拿穩，手機摔在了地上。

「車庫有監控，是你先動手的，員警來了我也不怕。」

林東手裏還抱著紙盒，腿上的肌肉緊繃有力，只要他蓄力，這一腳下去，他就會聽到地上這隻可憐蟲淒慘的哀嚎。

徐立仁站不起來了，被林東踢中的小腿傳來鑽心的疼痛，只能拖著腿貼著地面往後退，邊退邊叫：「救命啊、救命啊……」

淒厲的呼救聲在地下車庫迴盪，而此刻許多人已經下了班，車庫裏沒幾輛車了。看車庫的孫大頭伸頭望了望，多一事不如少一事，繼續聽他的評書。

徐立仁內心佈滿恐懼，頭髮亂了，出了一身的冷汗，頭髮貼在額頭上，像是被雨淋了似的。林東身上彌漫的殺氣一點也不比陳飛身上的少，他是被打怕了，可不想再住一星期的醫院。

「救命啊……」徐立仁退到了牆角，無路可退，林東靠了過來，抬起腳，瞄準了他的膝關節。

「林東。」背後響起高跟鞋的跑動聲，林東回頭一看，高倩正往他跑來。

「高倩，救我啊……」徐立仁看到了救星，哭得更加淒慘。

高倩抓住林東的手臂，搖搖頭，要他不要那麼做。十幾秒後，紀建明和崔廣才也跑了過來，將林東拉了過去。

「高倩已經跟我們把事情說了，瓷器不跟瓦片鬥，跟這種人不值得。」紀建明和崔廣才皆是鄙夷地看了看躺在地上哀嚎的徐立仁，都有種補兩腳的衝動。

「高倩，你送林東回去吧，剩下的事情有我和老崔呢。」紀建明把林東推進高倩的車裏，又折回去將徐立仁送到醫院。

高倩開車出了停車場，整整二十分鐘，林東呆坐在車上，木訥地看著窗外，一句話也未說。

「我已經將事情告訴了溫總，看她的表情，我想徐立仁以後的日子不會好過。你剛才那一腳要是踢下去，就是蓄意傷人，弄不好要坐牢的。以後你的檔案上就會有個污點，會跟你一輩子的。」

高倩開著車，將道理說給林東聽。林東漸漸冷靜下來，他不是聽不進道理的人，回頭想想，若不是高倩及時出現，徐立仁十有八九會變成殘廢，那樣的話，徐家一定不會放過他，鬧上法庭，一個殘廢，一個坐牢，兩敗俱傷。

「老紀說得對，瓷器不跟瓦片鬥，是我太衝動了。」林東開了口，摸了摸高倩的手，表示對她的感謝。

高倩笑了，流下兩滴淚：「你想通了就好。出了元和這扇門，迎接你的是整片天空，接下來好好想想做什麼吧，有了想法告訴我，或許我能幫到你。」

以高紅軍在蘇城的地位，人脈廣布，只要高倩開口，有許多地方必然樂意為林東大開方便之門，而林東有自己的想法，如果找份工作都要高倩去幫他，就算高五爺不看扁他，他自己也會覺得無地自容。

車子開到大豐廣場，雨停了。林東和高倩下了車，風輕柔地吹著，雨後的空氣很清新，抬頭望去，西邊的天幕下架起了一道虹橋。

「好美啊！已經好久沒有看到彩虹了。」

「是啊，在我老家，夏天雨後常見到彩虹。在蘇城，我還是第一次看到。」

高倩牽著林東的手，林東用力攥緊了她的手。夕陽映射下，兩個長長的影子重疊在一起。

離職之後，林東本想回老家散散心，畢竟已經很久沒回家了，但轉念一想，突然回家可能會引起父母的懷疑，如果問起，他不知道是不是該把丟了工作的事情告訴二老。說了肯定會令二老擔憂，不說又得編造謊話欺騙二老，說與不說都是不對。林東仔細想了想，決定暫時不回家了。

五嶺礦產連續多天漲停，林東也認為股價太高了，因而一直密切關注著它的走勢。在週四的時候，他發現玉片上的圖案不見了，趕緊挨個打電話，通知買了五嶺礦產的客戶拋掉，順便又把離職的消息告訴了客戶。

張大爺等人聽了是唉聲歎氣，為林東的突然離職感到意外和不解。左永貴和趙有才等大客戶倒是表現很平靜，主動問林東需不需要幫助，找一份工作對他們而言只是張張口。

張振東很快知道了林東離職的消息，因為元和派了別的同事去接管了林東的駐點銀行。

「喂，小林，你的事情我知道了，如果想進銀行，提前跟我說一聲，在蘇城，無論哪家銀行，我都有使得上勁的朋友，安排你進去不是問題。」

張振東和林東相處下來，兩人關係不錯，他看好林東的發展，並不覺得丟掉元和這份工作對林東是件壞事。錦上添花的事情人人都會做，但卻遠遠沒有雪中送炭令人感恩。張振東是這樣想的，在林東失意之時拉他一把，等到林東發達之後，回報可能是無法估量的。

「張行長，我的事勞你費心了。容我考慮考慮吧，等想好了之後給你答覆。」

林東沒有一口回絕張振東的好意，畢竟銀行的待遇要比券商好得多，如果實在沒有好的去處，進銀行工作也不失為一個選擇。

令他一直煩憂的是和高紅軍的賭約，距離年底的期限越來越近了，迄今為止，別說五百萬，五十萬他都沒有。他細細想過，找份工作去上班這並不困難，但是這就意味著他只能安安穩穩地拿微不足道的薪水。

是不是該換一種想法？

林東想做老闆，不過以他目前的資金租個好點的店面都不夠。腦子裏一團糟，只能走一步看一步，目前的話，他至少可以通過炒股票來賺錢。

天無絕人之路，或許老天已經悄悄為他打開了另一扇窗戶，他的人生也將在此發生轉折。塞翁失馬焉知非福，林東如是想，依然樂觀地過著每一天。

劉強的腿很快康復了，維修店的生意恢復了正常，他和林翔兩個人每天都很開心，因為不斷有人拿電腦過來修理，生意好得不得了。照這樣下去，過不了多久他們就能收回成本。

半個月後。

傍晚時分，有一群光著膀子的社會青年來到了大豐廣場。此時，劉強正在堂屋裏修電腦，林翔在院子裏剁排骨。林東說好晚上過來吃飯，所以今天林翔特意多買了幾個菜。

六個光著膀子的社會青年不聲不響走進了小院裏，身上紋龍畫虎，個個都是一副兇神惡煞的模樣。

「你們找誰？」林翔猜到這幫人多半是衝著劉強來的，他握緊了剁排骨的菜刀，擔心的事情終究還是來了。

「找碴。」

六個人不由分說，衝上去就打。林翔哪見過這種陣勢，腦袋裏一片空白，還沒反應過來，頭上已經挨了一磚頭，發出「啊」的一聲慘叫，一摸頭，滿手都是血。

劉強剛才專注於修電腦，沒發現院子裏進了人，直到他聽到林翔的慘叫，這才抬頭朝院子裏看了看，林翔抱頭躺在地上，被闖進院子裏的六個人踢得滿地打滾。

劉強脖子上青筋暴起，眼珠子都快瞪爆了，發出一聲怒吼，從門後摸了一把錘子，瘋了似的衝了過去。

劉強速度極快，幾個人剛轉身，他已經衝到了面前，離他最近的一個人抬起胳膊想要擋住他掄過來的鐵錘，只聽咔嚓一聲，那人便倒在地上痛苦哀嚎，顯然手骨已經裂了。

李三見劉強瘋了，趕緊退到後面，扯起破嗓子驚呼道：「兄弟們，打！給我廢了他。」

幾人從腰上拔出了傢伙，亮出二尺長的砍刀，明晃晃的，都是利刃，一窩蜂往劉強身上招呼。劉強殺紅了眼，不閃不避，拚命揮舞手裏的鐵錘，砸在刀刃上發出震耳的噪音，砸在人身上發出沉悶的聲音。

噹，一把刀脫手。

噹，又一把刀脫手。

劉強每往前一步，就砸中一人的手臂，鐵錘揮出去三下，無一落空。他身高臂長，人又壯實，因而力量也大，此刻見林翔被欺，他殺紅了眼，把命都豁出去了。這幫小混混平時欺軟怕硬，最怕這種不要命的，個個都嚇破了膽，都往後退，竟把李三推到了最前面。

「三哥，兄弟們不成了，靠你了……」

李三手裏握著砍刀，雖然害怕，但在一幫小弟面前總要表現得英勇一點，他挺著胸膛往前邁出一小步，舉刀嚇唬劉強，卻見劉強不僅不後退，反而上前了幾步。

李三頓時泄了氣，直往後退，偏偏背後被一幫小弟頂住，想逃跑，卻又不能。

「李三，我認得你，上次你在我腿上捅了一刀，今天我就在你腿上砸一錘子。」劉強發了狠，被人欺負到家門了，他別無退路，只能奮起反抗。

李三怕得發抖，拿刀指著劉強：「劉強，你知道我哥哥是誰嗎？你膽敢動我一下，我包管讓你見不到明晚的月亮。」李三的聲音發顫，關鍵時刻，只能希望兩個哥哥的威名能震退眼前這個不要命的犢子。

「你哥哥，那是我——孫子。」

劉強朝前邁出一大步，掄起一錘子，鼓足了勁，奮力一吼，嚇得李三破了膽，手一抖，砍刀拿不穩，被鐵錘砸中飛出老遠。

噹，砍刀撞在磚牆上，掉到了陰溝裏。

劉強伸出大手，像一頭狂野的獅子，掐住了李三的脖子，抬腿一掃，就把李三摺倒在地，掄起錘子朝李三的大腿狠狠砸去。

「啊！」

李三躺在地上，發出殺豬似的慘叫，聲音由大變小，差點沒有昏厥，豆大的汗珠從臉上滾下來，嘴裏喘著粗氣。

「孫子，你等著，等著……」

李三疼得說不出話了，嗷嗷痛叫，劉強知道他要說什麼，無非是他哥哥不會放過自己。

幾個嘍囉扶起李三一溜煙跑了，潰不成軍，連丟在地上的砍刀都忘了撿。

劉強的胸口劇烈起伏著，手裏的鐵錘「噹」地一聲掉在地上，他虛脫了一般，坐在院子裏的水泥地上，神情呆滯，一聲不響地望著如血的殘陽。林翔坐到他身旁，頭上的血已經止住了，一隻手捂著頭，一隻手摟住了劉強的肩膀。

二人坐在夕陽下，無語。餘暉灑落，像是給他們披上了一層金甲。

過了半個鐘頭，林翔拍拍屁股上的塵土，笑道：

「強子，我做菜去了，東哥快來了。」

劉強也站了起來：「二飛子，院子就交給我收拾了。」

再苦再難，也得面對。與其乾坐著唉聲歎氣，倒不如填飽肚子，養足力氣，未來雖然未知，好在還有一雙能揍人的鐵拳。

七點多鐘，林東走進小院裏。堂屋的燈亮著，劉強還在修電腦。

「東哥，飯菜都做好了，就等你。」劉強見林東來了，起身到院子裏的水龍頭下去洗手。

林東笑問道：「怎麼不見二飛子？」

「他出去了，我估計快回來了。」

正說話，林翔就回來了，頭上裹著紗布，也去洗手。

林東這才發現，這兩人身上都帶著傷，林翔的頭，劉強的胳膊，不祥的預感襲上心頭，他沉聲問道：「他們來了？」

劉強點點頭：「李三帶著五個人……」

林翔把飯菜端了上來，三人在院子裏的棗樹下靜默，沒有人下筷子。

「吃吧，今晚我留在這裏，咱兄弟三個輪流值班，提防他們半夜來偷襲。」林東夾了一塊排骨，連肉帶骨頭嚼碎了咽下去。

劉強和林翔以他馬首是瞻，也紛紛動起筷子狼吞虎嚥，三人吃光了所有的菜。林翔收拾完碗筷，林東把他叫了過來，三人在樹下討論對策。

「二飛子，你傷得最重，今晚就不用你守夜了。我守上半夜，強子守下半夜。一有動靜，出聲示警。」林東將任務分配了下去，劉強沒有意見，林翔則是爭著要守夜。

「東哥，我就是出了點血，已經沒事了。你讓我守夜吧，這樣你倆可以多睡一會兒。」

林東瞪了他一眼：「少廢話。」

李三那夥人丟下的砍刀都放在桌上，林東拿了一把，遞給了林翔：「放在床頭，別脫衣服睡，一有動靜趕緊操刀起來。二飛子，你忙了一天，抓緊時間睡覺去。」

將林翔趕進了東屋，林東開始和劉強商量具體的細節。

「那李家三兄弟的名號我打聽過，李三是個孬種，老大和老二據說都是個狠角色，而且特別護犢子。你打斷了李三的腿，他哥哥不會善罷甘休的。強子，你有什麼打算？」

劉強握著拳，目中閃過一抹狠色，咬牙道：

「他們來一個我打一個，來一雙我打一雙。」

「我相信你有能力解決一兩個人，如果他們來十個、二十個呢？」林東問道。

劉強低下了頭，心裏有些不甘，也有些無奈。

「東哥，你的意思是？」

林東拍拍他的肩膀：

「我的意思是讓你回老家避避風頭，等我把事情擺平了你再回來。」

劉強猛地抬起頭來，望著林東，眼淚在眼眶裏打轉，他畢竟還是個不到二十歲的孩子：「東哥，我不回去。在你來之前，我已經下了決心，丟了命也不認輸。」

「強子，你告訴哥，他們為什麼死纏著你不放？」

林東那麼一問，劉強沉默了半晌，終於還是開了口。

「當初我看賭場的時候，李三在場子裏出老千，被我抓住了，我當時不認識他，所以就結下了樑子。他早就想收拾我，不過當時我有大哥罩著，李三的哥哥也很賣我大哥面子，所以李三一直沒有機會尋仇。後來大哥遭人暗算，成了植物人，我就脫離了他們。我早知道李三一直在找我，這一切的麻煩都是我自找的。」

劉強說完，把頭埋在兩腿中間，悔恨萬分。有人說混了社會就別想乾淨地出來，劉強以前不信，可接踵而來的事情，讓他不得不重新武裝自己，重新扮演個狠角色。

劉強發現，他正一步步回到原來的生活，每天提心吊膽，以打架為業。

「強子，這事我會擺平的。明早我送你去車站，回老家歇息一段日子，事情擺平了，咱這店還照開。」

劉強悶聲點點頭，眼淚吧吧往下掉。

「好了，睡覺去吧。」

劉強進屋睡覺之後，院子裏就剩林東一人。他坐在矮凳上，背靠著棗樹，抬頭仰望星空，腦子裏想著這段時間發生的事情。

不知招誰惹誰了，不僅弄丟了自個兒的工作，連老家的兩個弟弟也照顧不了，眼看他們被人欺負，卻想不出為他們出氣的辦法。在寂靜的夜裏，黑暗滋生著他內心的孤獨與無力感。

月亮懸在樹梢上，風吹進院子裏。林東就這樣坐著，也不知過了多久，看不到星星和月亮了，飄來幾片烏雲，遮住了頭頂上的星空。風漸漸大了，已經立秋，夜裏露氣較重，半夜的時候，林東漸漸覺得有點涼了。

風越來越狂，夜越來越黑。

林東坐在樹下，心想可能又要下雨了。他倒是希望下一場暴雨，希望暴雨能阻止李家兄弟的行動，讓他兩個弟弟好好睡上一覺，他們都還只是十八九歲的孩子，這個年紀本該是坐在教室裏讀書寫字，為考大學而拚搏，沒有煩惱，心思單純，只要想著怎麼把書念好就行。

家庭的重擔迫使家庭貧困的他們不得不早早遠離學堂，以稚嫩的肩膀挑起重擔。在家鄉這種現象再常見不過了。想到這裏，林東越發覺得父母的不容易，如果不是父母拚命掙錢供他上學，他應該也會和林翔、劉強一樣，早早丟下書包，背上蛇皮口袋從農村到城市，揮灑汗水，為城市的發展獻上自己的一份力，卻招來城裏人鄙夷和厭惡的眼神。

東屋傳來劉強的鼾聲，林東走到窗口看了看，林翔和劉強睡得正香，他笑了笑，重新坐回到矮凳上。已經過了劉強值夜的時間，林東一點睡意都沒有，難得靜下心來想想事情，倒不如就讓劉強睡到天亮吧。

已經失業二十來天了，雖然股票帳戶裏的錢已經翻了倍，但林東總覺得還是得找個實實在在的事情去做。不能再晃蕩下去了，處理完劉強這件事情，就該好好規劃一下自己的未來了。

狂風肆虐的深夜，林東坐在棗樹下，手裏握著一柄砍刀，內心紛亂複雜，一時想到高倩，一時想起柳枝兒。他已經讓一個深愛他的女人失望了，不能再讓另一個深愛他的女人也失望。

將近黎明時分，風在吼，吹得樹葉颯颯作響，林東倦意上湧，瞇著眼睛靠在棗樹上。

也不知過了多久，吹來的風力似乎夾雜著馬達的聲音，驚得他一身冷汗，豎起耳朵聽了一會兒，卻什麼也沒聽到，心想必是神經太過緊張，自己嚇自己。又過來一會兒，他昏昏沉沉地靠在棗樹上睡著了。

雨點滴落在林東的頭上，把他從夢中驚醒，睜開眼睛的一剎那，他從大門的門縫中似乎看到了一道光一閃即滅。刀就在腳邊，林東握緊刀柄，站了起來。

這時，天上開始掉雨點，他聽到牆外兩人壓低的聲音。

「三兒說的應該就是這個地方。」

「老二，翻牆過去，不聲不響剁他一條腿。」

話音剛落，刷刷兩道黑影從牆頭上翻了下來，身手敏捷，動作一氣呵成，順暢自然，顯然身手不錯。

一道閃電在漆黑的夜空閃過，瞬間將小院內照得雪白一片，將院子裏的三人全部暴露了出來。李家兄弟倆吃了一驚，冷不防看到一人提著砍刀站在那兒，幾秒鐘的慌亂之後，兄弟二人對了一眼，先解決這小子再說。

「李老大、李老二，你們來啦，等你們好久了。」林東故意提高了音量，話音未落，東屋裏的燈就亮了，劉強和林翔翻身下床，提著砍刀衝到院子裏。

李家兄弟見此情景，已猜到對方早有防備。他二人一生中打過無數次架，暗算過人，也被人暗算過，好在命大，都挺過來了，實在沒把林東三人放在眼裏。兄弟倆冷笑著，提著刀撲了上去。

「殺。」

劉強大喝一聲，舉刀和李老二戰在一起。林翔拿刀的手在發抖，林東知道他害怕，趕緊移步到他身前，擋住了撲過來的李老大。李家兄弟本來想趁劉強和林翔睡意未消，先解決了這兩個，然後再辦林東，可當上了手才知輕敵了。

劉強不畏死，刀法雖然不成章法，但力猛刀沉，讓李老二備感壓力，每次用刀格擋，握刀的右手都被震得發麻。不過他並不害怕，以他靈巧的身法四處躲閃，目的就是消耗劉強的體力，一旦對方露出破綻，便會攥刀出擊，力求一刀制住對方。

「呀！」

劉強一刀劈在李老二的刀刃上，火星四濺，李老二右臂一麻，砍刀險些被震得脫手。劉強步步相逼，每出一刀便發出一聲怒吼，氣勢驚人。李老二步步後退，他對院子裏的情況並不熟悉，黑燈瞎火的，不知不覺被劉強逼得往陰溝退去。陰溝長滿了青苔，很滑，只要把李老二逼到了那裏，他一個不小心就得摔跟斗，劉強正是為了這個目的，如果再不制住李老二，他就得被拖得力竭。

劉強爆了一句粗口，一邊揮刀，一邊做了個假動作，踹出了一腳，踹到半途就收了回來，他可不想挨上一刀。李老二往後退了一大步，本來就沒站穩，只覺腳下一滑，不知踩到了什麼東西，一個踉蹌摔倒在了陰溝裏，手裏的刀也掉了，被劉強踢到了一邊。

李老二發出一聲悶哼，胸口被劉強踩住了，滿身都是陰溝裏的髒泥水。

劉強在他胸口重重踩了一腳，李老二又朝陰溝裏的淤泥裏陷入了幾公分。

李老二的兩隻手都在淤泥裏，他本想抓一把淤泥往劉強臉上扔，哪知胡亂一摸，竟然摸到了一件硬物，那東西他最熟悉不過了，是刀柄。傍晚時候李三的刀飛了出去，落在了陰溝裏。

「大哥，別踩了，胸骨斷了。」

李老二求饒了，劉強也累了，他直起腰喘息著。一道閃電撕破了黑暗，讓他看到了李老二陰冷的笑容。劉強還未反應過來，李老二已經出手了，揮著沾泥的砍刀往他的小腿砍去。刀未至，劉強的臉上已被甩了一臉的污泥。

「敢踩我，老子讓你斷腿！」

李老二露出白牙，陰冷地笑著，劉強嚇出一身冷汗，他身手很好，當此危急時刻，急往後撤，李老二躺在陰溝裏，胳膊不夠長，砍刀劃破了劉強的褲子，卻未能傷到他。

趁劉強後退的時機，李老二從陰溝裏爬了起來。他頭一次被人踩在陰溝裏，受此大辱，恨不得立馬殺了劉強，開始發起猛烈的攻勢。

林東這邊，李老大身材雖然只有一米六幾，瘦得皮包骨頭，但他瘦小的體內卻蘊藏著駭人的力量。林東不懂刀法，一味砍劈，而李老大則花樣百出，消耗林東體力的同時，暗自尋找破綻，一旦發現出手如電，林東已挨了他幾刀背。

李老大往旁邊瞥了一眼，眼見李老二落入下風，心裏一急，開始揮刀猛攻。他刀勢凌厲，招式狠毒，雖然林東身手敏捷，卻也只能落得防守。

轟——

忽然間雷聲大作，大雨傾盆而下。

李家兄弟越戰越心驚，原以為很簡單的事情，竟然拖了那麼久都擺不平。李老二被暴雨沖刷，臉上的污泥開始往下掉，漸漸露出了本來的面目，兩隻眼睛殺氣濃烈，惡狠狠地盯著劉強。

雨水淋進了劉強的眼裏，迷住了眼，卻被李老二鑽了空子，一刀劃破了他的手臂，鮮血冒了出來，混進了雨水裏，瞬間就被沖淡了，疼得劉強痛叫了一聲。

「強子，過來。」

林東知道劉強負了傷，擔心他的情況，邊站邊退，往他那邊靠近，兄弟兩個合併到一處。

「強子，傷怎麼樣？」

「沒事。」

論打架的經驗，李家兄弟佔有絕對優勢，久戰對林東而言，絕對不佔優勢，不能再拖了，是時候分出勝負了。

林東和劉強背靠著背，雨水打在身上淋濕了衣服，卻激發了他們的鬥志。這裏是他們的家園，必須讓來犯者付出沉重的代價。

「殺！」林東和劉強前後發出一聲怒吼，危險關頭將體內的潛能激發了出來。黑暗中，林東的瞳孔深處冒出幽暗的藍芒，他宛如凶魔一般只攻不守。李老大雖然討到了一點便宜，在林東的手臂上劃了幾刀，但無一例外都未能對對方構成威脅，反而激發了林東的血性，一刀比一刀猛。

毫無花樣可言，完全不講究招式。林東就這樣一刀一刀往下劈，劈得李老大心驚肉跳，劈得李老大步步後退。

「撒手！」一聲暴喝，林東高舉著刀，天空中電閃雷鳴，一刀劈落，攜天威之勢，李老大奮力格擋。

「撒手——」嗆，李老大半邊身子被震得發麻，手臂更是失去了知覺，無力地垂下，砍刀被震得掉在了地上。林東身高腿長，運足力氣踹出一腳，正中李老大的腹部。李老大整個人倒飛了出去，踉蹌幾下，掉到了陰溝裏，捂著肚子，身子蜷縮得跟過了油的蝦米似的，成弓形躺在陰溝裏打滾。

「大哥！」李老二見老大被收拾了，心裏又驚又急，怎麼會這樣？兩兄弟都是成名已久的人物，怎麼都在陰溝裏翻了船？

林東提刀往李老二走去，林翔一直躲在棗樹後面，這時也壯起了膽子，提著刀加入了戰團。

「強子、二飛子，把這傢伙也送到陰溝裏做泥鰍。」

林東劈出一刀，將李老二手裏的砍刀震落，劉強一抬腿把他踹得老遠，也掉進了陰溝裏。

李家兩兄弟在陰溝裏翻滾了一刻鐘，趺趺撞撞地爬了起來。

「李老大，凡事別逼人太甚。滾吧。」

李老大抹乾淨臉，朝林東豎起大拇指，咬牙切齒：

「小子，今天老子認栽，你等著，這事沒完。」

林東三兄弟站在暴雨中，冷冷地盯著李家兄弟。兄弟倆狼狽地逃出了小院。

「東哥、強子，我們贏了。」林翔朝天揮了一拳，激動地道。

林東和劉強則陰沉著臉，兩人走進屋裏，脫下濕透了的衣服，林翔找來紗布和消毒水，替他二人處理好傷口。

三人坐在堂屋的門口，一直到天亮。

「這事鬧大了，得想個辦法，我們不能被動等著他們打上門。翔子，你認不認識道上能出面調停的人物？」

劉強在腦子裏把認識的道上人過了一遍，想到了一個人。

「有一個人，綽號震天雷，大家都叫他雷哥，李家三兄弟都很怕他。他如果能出面調停，我想李家三兄弟會給面子。」

「哪能找到他？」

「我以前看的賭場就是他開的，他經常會去看看生意。」

第九章 和事佬的詭計

「諸位，」雷雄指著掛在門框上的銅鈴：

「瞧見了那銅鈴沒有？我這裏距那銅鈴足足有五米，若我擲出一張撲克，能將那串在銅鈴上的紅繩割斷，那就是天意讓你們罷手言和。如果割斷，你們雙方的事就是老天爺也懶得管，那我雷雄從此也不過問一句。」

那紅繩有筆芯粗細，雷雄僅憑一張撲克牌就能將其割斷？這未免太……

林東心往下一沉，心想莫不是這雷雄不願得罪李家兄弟？

這場雨，一直下到天明還沒停歇。

林翔下了一鍋麵條，三兄弟經過昨夜的一場大戰，肚子裏早就空了。一人吃了三大碗麵條，填飽肚子之後，便鎖了門一起離開了小院。

「小院已經不安全了，在事情沒解決之前，咱們先不要回來。」

三人搭了計程車，林東讓司機把車開到蘇吳大學的新校區。林東在那裏讀了四年書，對附近的情況很熟悉，離校園不遠有一條賓館街，一條街上全是賓館，專門做學校裏情侶的生意。

計程車在賓館街停了下來，林東三人下了車。此時正值暑假，學校裏大多數學生都回家了，因而賓館街生意冷清，蕭條得很。

林東就近問了一家賓館，正好有一間三張床的大間，正合林東的心意，價錢還不貴，一天的房費只要一百五十塊錢。在一樓的前台做好登記，三人上了樓。

「時間還早，咱爭取時間好好睡一覺，養足了精神，起來了之後去找震天雷。」經過昨夜的一場大戰，三人都很疲憊，往床上一倒，很快就睡了過去。

林東醒來之後，已經是下午四點，他把林翔二人叫醒，商量接下來的事情。

「強子，待會我們去吃飯，吃完飯就去找震天雷。」

三人出了賓館，在學校四周找了好一圈，也沒找到一家飯店。這一片還跟以前一樣，配套設施很落後。三人找到一家超市，買了泡麵，將就解決了晚飯問題。

「二飛子，你回賓館看電視吧，今晚我和強子去就行。」

聽了這話，林翔不幹了，跳了起來嚷嚷道：「東哥，憑啥不帶我去啊？」

「聽話。」林東喝了一聲，隨即平聲道：「你留在賓館做個策應，如果我們在今晚十點之前還未回來，你打這個電話請她幫忙。」

林東把高倩的手機號碼留給了林翔，萬一他和劉強說不動震天雷，反而被他扣下了，那就只好請高倩出面擺平了。

只要高倩一出面，李家三兄弟看在高紅軍的面子上，量他們膽子再大，人再狂妄，高五爺的面子不敢不給的。不過不到萬不得已，林東真的不想麻煩高倩出面替他解決問題。

或許，這就是男人的面子。

「二飛子，現在明白你有多麼重要了嗎？你要去了，咱三兄弟都折進去了，誰找救兵救我們？」

劉強說明了道理，林翔也不再嚷嚷著要去了，點點頭，乖乖回了賓館。林東之所以決定不帶林翔去，還有另外一個原因，基於對林翔的瞭解，他這個堂弟膽小怕事，一見打架就腿軟手軟，幫不了什麼忙反而礙事。

「強子，如果震天雷不同意出面調解，明天你還是回老家吧。」

林東打電話叫了計程車，在等車的時候，說出了他的想法。這事因劉強而起，李家三兄弟最不會放過也是他。如果不能調解，他最擔心的就是劉強的安全。若論戰力，李家兄弟倆絕對不輸給他和劉強，昨晚之所以輸了，不是實力問題，而是林東佔據了天時地利與人和。

「東哥，我一切聽你安排。」

劉強不是個多話的人，經過這一段時間的相處，他對林東的感情有對兄長般的敬重，也有對偶像般的崇拜。林東說的話，他不用過大腦絕對遵從。

等了二十幾分鐘，計程車才來。上了車，劉強把賭場的地址告訴了司機。那地方遠在西郊，而他們現在所在的大學城卻是在東郊。

一路上，林東問了一些劉強有關賭場的規矩。劉強在賭場也沒幹多久，深層次的東西不可能瞭解，知道的也是皮毛而已。

「東哥，賭場主要是靠兩樣賺錢的。一個叫『放水』，什麼意思呢，就是客人想賭沒帶錢，或者是輸光了，賭場裏有放貸的，你借一千，給你九百或九百五，限你三日之內還一千回來。第二個叫『抽頭』，也叫『打水』，這個賭場最主要的收入，旱澇保收，穩賺不賠。每一桌每一局，賭場會收台面上總金額的百分之十到百分之二十不等。不過這也不一定，跟老闆關係好的會少收點，甚至不收。」

「我們看場子，一是放風，如果有條子來查，會立即通知客人撤離。不過這種情況很少發生，能開賭場的誰還沒點關係？二是阻止別人來鬧事，道上的利益糾紛很複雜，見別人賺錢眼紅的多得是，想分一杯羹先去攪合，然後談判，這種情況最多了，不過震天雷在西郊的名聲不小，一般沒有人敢去他的場子攪合。第三就是抓老千，一個場子如果老有人出老千，那名聲壞了，來的客人也就少了。李三那人很下作，手段又不高明，有一次出千，被我發現，當時被我老大教訓了一頓，扔到了外面，從那時起，我和他的樑子就算結下了。」

車子開了一個多鐘頭，終於到了劉強說的地方。

「司機，我給你五百塊，你在這兒等我到十點，怎麼樣？」林東為防萬一，如果震天雷不買賬，反而要收拾他，到時候有輛車總比兩條腿跑得快。

司機看了一下時間，現在已經過了六點，在心裏算了一筆賬，四個小時賺五百塊，絕對划得來，就答應了林東。

林東把雇車的錢預先給了司機，記下了他的車號。

這是一片民房，林東讓司機把車停在了路口，調好車頭。

劉強指著前面一座四層高的小樓：「東哥，那就是震天雷的賭場，別瞧這地方偏僻，來玩的不少都是有錢人，一夜輸個幾十萬的多了去了。」

二人邁步往震天雷的賭場走去，剛走了不遠，就看到了放哨的人。那人定睛一看，看到是劉強帶了一人過來，走上前去笑道：「喲呵，強子啊，你旁邊這位不會是條子吧？」那人兩隻眼睛賊溜溜地在林東身上掃了幾眼。

劉強笑道：「春哥，這是我老家的哥哥，今晚來找雷哥幫忙辦點事情。春哥，打聽一下，雷哥在場子裏嗎？」

「雷哥好久沒來了，湊巧，今晚剛到不久。」這人放林東和劉強過去，二人來到小樓的大門口。

門外的一大片空地上停了不少轎車，門口站著兩人，還拴著一條狼狗，一身肥膘，似乎很溫順，趴在那裏，見了生人也不叫喚。

「大明哥、小明哥……」劉強叫了一聲，這兩個看門的人是親兄弟，以前一起共事，互相都認識。

「強子，你小子沒被李家兄弟弄死啊？」兄弟倆看到劉強都很詫異，看來李家兄弟要搞劉強的事情他們都已經知道了。

「我和我哥就是為了這事來的，想請雷哥幫忙。」

看門的兄弟倆看了林東一眼，笑道：「這就是你新跟的老大？」

「不是不是，這是我老家的哥哥。」

「嘿嘿，強子，你又不是不知道，咱雷哥是什麼人都能見得著的嗎？帶著你這狗屁哥哥趕緊給我滾蛋，別讓咱哥倆轟你。」

閻王好見小鬼難纏，劉強想要再說，卻被林東攔住了。

「強子，讓我來。」

林東掏出手機，給左永貴撥了個電話。

「左老闆，沒打擾您吧？」

左永貴那邊很吵，接到林東的電話後，他拿著手機走到安靜的角落，笑問道：「老弟，怎麼啦，找老哥啥事？」

左永貴是開夜總會的，在蘇城也算個頭面人物，林東猜想或許他會認識震天雷，於是便問道：「左老闆，震天雷雷老大你認識嗎？」

「認識，雷雄那個羔子，當然認識，找他有事？」左永貴心想林東不會無緣無故打電話給他，更不會無緣無故問起震天雷，估計林東是惹上麻煩了。

「對，找雷老大有事，我在他賭場外面，雷老大不肯見我。」

左永貴笑道：「行了老弟，你在外面等兩分鐘，我給雷雄去個電話。」

掛了電話，林東只在外面站了不到一分鐘，就見一個身材魁梧的胖子急忙從小樓裏跑了出來，一臉的凶相，脖子上掛了一條小手指粗細的金鏈子。

「瞎了狗眼了，貴賓來了也不通報。」

雷雄走到門口，賞了看門人一個爆栗，走到門外笑嘻嘻地道：「老弟啊，對不住啊，讓你久等了，都怪我管教手下無方。」

雷雄摟著林東往小樓裏走去，熱情得有點過火。

林東知道自己幾斤幾兩，還不足以讓雷雄如此熱情。這雷雄雖然看上去是粗人一個，實則心機深沉。剛才左永貴親自給他打了個電話，說外面有朋友想見他，雷雄放下電話就跑了出來，左永貴是做大生意的，他一直想高攀卻苦無門道，如今有這機會，不看僧面看佛面，他自然會好好招待林東。

跟雷雄進了一間房，這房間應該就是雷雄的辦公室，雖然不大，但裝修得氣派豪華。道上人都講究場面，林東打眼一瞧，雷雄的辦公室比魏國民的辦公室還氣派，只不過二者相較，這地方明顯缺少了一種內涵。

「老弟，請坐。」

雷雄做了個「請」的手勢，林東在對面的沙發上坐了下來，劉強卻還是站著。

「強子，介紹介紹。」雷雄認識劉強，見林東是跟他一起來的，想必二人是認識的。

林東笑道：「不必強子介紹了，我自個兒來吧。小弟林東，強子老家的哥哥，雷老大的大名如雷貫耳。」

林東站起身來，和雷雄握了握手。雷雄的手掌雖然肥厚，卻堅實有力。

二人坐定，雷雄這才有機會仔細打量林東，看了幾眼，心中愈發疑惑，心想不過是個普通的小青年，還是鄉下來的，像左永貴那樣的人物怎麼會認識他？

「林老弟，你找我有事吧，說說看吧。」雷雄見到劉強，就已經猜到了他們的來意，若不是看在左永貴的面子上，他壓根懶得一見。不過他至今還沒摸清林東的深淺，若真的只是個小角色，那左永貴也不會親自致電給他。

雷雄心想還是先摸清林東的深淺，別因小失大，錯失了和左永貴攀關係的機會。

林東也不兜圈子，直言道：「雷老大，我這弟弟之前在你的場子得罪了李三，現在李家兄弟纏著他不放，三番五次找麻煩，上次強子的大腿還被李三捅了一刀，萬幸沒捅到大動脈，否則人就沒了。就在昨天李三帶了一幫人，打到家裏，晚上他的哥哥又來尋仇……」

林東將事情簡要一說，沉聲道：

「雷老大德高望重，小弟這次來的目的就是想請雷老大出面調停，畢竟強子也是因為維護你的場子才得罪了李三，這事還得麻煩雷老大。」

雷雄抽著煙，半晌才道：「林老弟，不是我雷雄不幫忙。強子是知道的，這裏是西郊，是李老棍子的地盤，李家三兄弟是他的親侄兒，向來橫行霸道。那哥仨對我雖然還算客氣，不過我跟李老棍子的關係不像表面上那麼和平。我說的話，李家三兄弟不一定買賬啊……」

雷雄在西郊一直被李老棍子壓制，二人明爭暗鬥了很多年。李家三兄弟和劉強的事情，他實在不想干涉。和氣才能生財，他怕一旦干涉，讓李老棍子找到由頭，會給自己惹來不必要的麻煩。

林東聽出了雷雄推脫的意思，反而笑了笑：

「既然讓雷老大為難了，那就算了吧。我手機沒電了，能不能借你手機一用，給左老闆去個電話，問問他還有沒有其他路子。」

雷雄聽他提起了左永貴，笑問道：「林老弟記得左老闆的手機號碼嗎？如果記不得，我這有。」

林東答道：「記得，隔三差五就聯繫，今兒左老闆還讓陳總打電話給我，讓我去皇家王朝玩去。」

林東掏出了左永貴送給他的皇家王朝貴賓卡，又提起了陳美玉，雷雄的臉色變了又變，他是識貨的，林東的那張貴賓卡可是皇家王朝最高級別的貴賓卡，一般人有錢也辦不到。

「林老弟少安毋躁，先坐坐嘛。」雷雄站了起來，笑容滿面，走到酒櫃前，問道：「老弟，我這紅的白的都有，茶水飲料也齊全，喝點什麼？」

林東心裏冷笑，若不將左永貴抬出來壓壓雷雄，這傢伙怎麼會到現在才問他喝什麼，好在左永貴這張王牌還真是管用，不然的話他也沒轍了。

「皇家禮炮有嗎？我在左老闆的會所一般都喝這個。」林東知道，把自己的姿態擺得越高，雷雄就越會把他當回事。

雷雄尷尬地笑了笑：「不好意思啊，林老弟，本來是有幾瓶皇家禮炮的，昨兒來了朋友都喝完了，還沒來得及買。」

道上人好面子，雷雄這粗人只聽過皇家禮炮的名字，知道那酒價格不菲，卻不曾喝過。

「哦，沒有就算了，喝多了也膩，換點別的吧。」

雷雄開了瓶紅酒，倒了兩杯，遞給林東一杯。

林東品了一口，故意皺了皺眉頭，說道：「雷老大，這酒還行。今天你請我，改天我請你去皇家王朝耍耍，千萬要給兄弟面子。」

雷雄一聽，心裏樂開了花，笑道：「林老弟太客氣啦，左老闆的場子，我早就該去捧的。」

一杯酒喝完，林東放下酒杯站起身道：「雷老大，強子的事情既然你不好辦，那我也只能去另想他法，承你美酒招待，這就告辭了。」

雷雄急忙拉住林東：「林老弟別急嘛，我再想想辦法。」

雷雄在辦公室裏踱著步子，心想幫了林東就能搭上左永貴這條線，不過李家三兄弟那邊不一定給他面子，這該怎麼辦？

躊躇了一會兒，他終於想通了。西郊已經是李老棍子的天下，再跟他鬥也沒多大意思，不如趁此機會搭上左永貴這條線，以後進可攻退可守，可放眼整個蘇城，也就不必裹足在西郊這塊犄角旮旯之地。

雷雄最喜愛看三國，三國中他最崇拜的人物不是關二爺，而是號稱「人中龍鳳」的呂布，心想我雷雄何不效仿呂布，來個轅門射戟，化解兩家的干戈呢？

雷雄搓著手，越想越興奮，拍拍林東的肩膀：「林老弟，留個電話給我，你且先回去，等我消息。強子為了我的場子跟李三結仇，這原本就是我的事情，我不會坐視不理的。這事你放心，包在我身上，我已經想到了解決的法子。」

林東心裏鬆了口氣，雷雄總算將事情攬了過去，他就放心了。

「強子，快給雷哥道謝。」

劉強傻呵呵地笑了笑，窘迫得很，想不出什麼好辭，抱拳道：「雷哥，大恩不言謝，您的恩情強子永生難忘。」

從小樓出來，雷雄一直把林東送到門外，看門的兄弟倆見老大那麼熱情，暗罵自己沒長眼睛，對林東點頭哈腰，態度大為改變。

林東和劉強走到路口，坐上了車：「司機，讓你久等了。」

那司機嘿嘿笑了笑，推門下了車，在路邊施了一次肥，提著褲子上了車：

「這都快十點了，我還以為你不出來了呢。」

林東一聽，心裏一驚，趕緊給林翔撥了個電話。

「喂，二飛子，我們沒事了，電話你不要打了。嗯……對，正在回來的路上。」

掛了電話，林東一拍大腿，對劉強道：「二飛子說他差點沒憋住，差點就撥了那號碼。」

劉強心裏疑雲重重，問道：「東哥，那號碼到底是誰的？」

林東沒有直接告訴他，只是說道：「以後你會有機會認識的。」

車子駛上了大道，夜晚的郊區車少路寬。計程車在馬路上疾馳，林東搖下車窗，冷風灌入車中，吹亂他的頭髮，心卻越來越靜。

劉強想到今晚雷雄那巴結討好的樣就興奮：「東哥，你真有辦法，雷老大都讓你說動了。」

林東心裏苦笑，他不過是借了別人的威名罷了。

車子開到半途，林東看到一家蔬菜店，下車買了些吃食，都是他兄弟三個愛吃的東西，有豬頭肉、烤鴨、雞腿、花生米和海帶絲。

到了賓館，三兄弟都餓壞了，吃飽了之後，美美睡了一覺。

第二天上午十點多，雷雄打來了電話，說已經約好了李家兄弟，今天下午兩點在他的賭場見面。

「先找個地方好好吃一頓，吃完飯之後也就該出發了，走吧。」

三人離開了賓館，找了一家飯店，飽餐一頓之後，打車去了雷雄的賭場。林東讓林翔也留在車裏，也好做個接應。

到了賭場已經將近兩點。進了小樓，雷雄介紹了自己的地方。

「一樓主要是招呼一些小打小鬧的，上面三層都是包間，才是我這場子的主要利潤來源。老弟，會玩牌吧，有時間可以到我這玩玩。」

林東笑道：「雷老大，不怕你笑話，賭博的話，我就會詐金花，別的還真沒玩過。」

大學的時候，林東宿舍幾個同學沒事的時候會把平時積攢的一毛錢硬幣拿出來詐金花，他雖很少參與，但在旁邊看過幾次，知道詐金花的玩法。

雷雄嘿嘿笑了笑，帶著他參觀了這四層小樓，樓上包間的裝飾要比一樓豪華得多。直到兩點半，李家三兄弟才到，李三是坐在輪椅上被人推進來的，李老大和李老二一臉凶光，見到林東二人咬牙切齒，恨不得拳腳相向。

「雷老大，找我們哥仨來作甚，說吧。」李老大也不客氣，往沙發上一坐。

雷雄笑道：「李老大，我請你來自然不是喝茶的。兩邊都到齊了，我也就明說了。劉強是我的小弟，當初為什麼跟李三結仇大家都知道，所以這事我不能不管。」

李老大一拍桌子，怒道：「你管得了嗎？」

雷雄目光一冷，如刀一般冷冷盯著李老大，「認清楚在誰的地盤，李老棍子見了我還給三分面子，你算老幾？」

雷雄發起怒來十分嚇人，李家三兄弟本來就怕他，李老大頓時軟了下來。

「三兒的腿不能白白挨了一錘子，雷老大，如果你鐵定要管這事，也得給我個滿意的交代。若不然，李家三兄弟也不是孬種，拚個魚死網破，對誰都沒好處。」

雷雄冷哼一聲：「哼，你們兩方以後是和是戰，我做不了主。」

李老大嘿笑道：「雷老大，你這話我越聽越糊塗了，你做不了主演這齣戲是幹啥的？」李老大掃了一眼，小樓裏裏外外都是雷雄的人，估計不下百口，他只帶了四五人，難道他要用強？

「我又不是你老子，你的事要我做主嗎？」雷雄說話越來越狠，鎮不住李家兄弟，他的計畫就沒法實施。

「那找誰做主？」李老大吼道。

「天！」

雷雄的手指朝天指去，另一手捏著一盒撲克牌，在場所有人都不明白他意欲何為。

「諸位，」雷雄指著掛在門框上的銅鈴：

「瞧見了那銅鈴沒有？我這裏距那銅鈴足足有五米，若我擲出一張撲克，能將那串在銅鈴上的紅繩割斷，那就是天意讓你們罷手言和。如果割斷，你們雙方的事就是老天爺也不懶得管，那我雷雄從此也不會過問一句。」

那紅繩有筆芯粗細，雷雄僅憑一張撲克牌就能將其割斷？這未免太……林東心往下一沉，心想莫不是這雷雄不願得罪李家兄弟？

「老二，你去檢查檢查那繩子。」李老大自然也不信雷雄扔一張撲克牌出去就割斷那紅繩，他擔心雷雄在紅繩上做了手腳。

李老二檢查了一番，說道：「大哥，繩子結實著呢。」

「二位，還有什麼意見？」

林東答道：「但憑天意，莫敢不從。」

李老大笑道：「雷老大，繩子是沒問題，但說不定你的撲克有問題，所以嘛，撲克得由我來挑。」

雷雄將撲克扔給了他：「好，你要挑就讓你挑。」

李老大打開盒子，檢驗了一番，的確都是普通的撲克，並沒有特殊之處，於是便抽了一張遞給了雷雄。

「雷老大，咱可說好了，如果待會真的證明老天爺也懶得管這事，可別怪兄弟在你的地盤上撒野！」

李老大手指著林東和劉強：「這兩人，我待會兒就要收拾。」

「出了我這院門，你們的事，我就不再管了。如果沒有其他意見，我要擲牌了。」

眾人皆是屏住呼吸，雷雄手中的撲克牌一飛出去，就決定了雙方是和是戰。

林東心裏沒底，覺得自己錯了，不該將解決這件事的全部希望寄託在雷雄身上，今天看來似乎免不了一場血戰。

李家兄弟則心情大好，他們有備而來，帶好了傢伙，只要雷雄一失手，就是要林東和劉強流血的時候。

雷雄雙指夾住撲克牌，嘴角掛著一抹笑容，哪有什麼老天爺，是和是戰都操縱在他的手裏，這種感覺真奇妙，令人著迷。

「嗖！」

雷雄手腕一抖，撲克牌飛了出去在空中疾速旋轉。眾人的目光隨著撲克轉動，時間似乎停滯了，那短短一秒竟是如此漫長。

撲克牌準確地撞到了紅繩上，銅鈴發出一陣脆響，紅繩斷成兩截，一截掛在門框上，剩下一截隨銅鈴墜落在地上。

「斷了。」

沒有人驚呼，沒有人嚷嚷。李家三兄弟張大了嘴巴，似乎還在回味剛才的那一幕。林東長出了口氣，和劉強四目相對，真沒想到雷雄還有這手段。

「二位，罷手言和吧，這是天意。」

雷雄笑嘻嘻地走了過來，他七歲玩牌，至今已有三十幾年，牌技出神入化，若讓他去主演一部《賭神》，哪還需要後期處理做特效？

李三見狀，哭道：「大哥，我的仇不能就那麼算了。大哥，不能就那麼算了……」

雷雄臉色一變：「李老大，怎麼說？」

李老大黑著臉：「雷老大，你的手段我領教了。劉強砸了我弟弟的腿，卻痛在我心。這事本應該給你面子，不過……」

「你想耍賴？」雷雄逼問道。

李老大嬉皮笑臉：「我李家兄弟什麼德行你還不清楚？雷老大，放心，我只想和這小子賭幾把玩玩。」

李老大確實想耍賴，不過他在雷雄的地盤，心裏總有幾分顧忌。

「我總得把我弟弟的醫藥費贏回來。」

雷雄鬆了口氣，朝林東看了一眼，林東點點頭，心想大不了輸幾個錢給他。

「李老大，林老弟同意了，你想怎麼個玩法？」

「老二，你陪姓林的玩玩。」李老大拍拍李老二，李家三兄弟中，老大打架最狠，老三最慫，牌技最好的要數李老二。

雷雄面色一動，心道這李老大真雞賊。李老二摩拳擦掌，這世上再沒有什麼比賭博更令他提神的了，他笑道：「姓林的，你想玩哪樣？老子奉陪到底。」

「詐金花。」

林東別無選擇，這是他唯一會的賭博。

「詐金花」又叫「三張牌」，是廣泛流傳的一種民間多人紙牌遊戲。

玩家以手中的三張牌比輸贏，遊戲過程中需要考驗玩家的膽略和智慧。遊戲使用一副除去大小王的撲克牌，共四個花色五十二張牌。

一、豹子（ＡＡＡ最大，２２２最小），二、同花順（ＡＫＱ最大，Ａ２３最小），三、同花（ＡＫＪ最大，３５２最小），四、順子（ＡＫＱ最大，Ａ２３最小），五、對子（ＡＡＫ最大，２２３最小），六、單張（ＡＫＪ最大，３５２最小）。

玩「詐金花」，牌大牌小倒是次要的，最重要的是心理及膽量，經常會有小牌詐走大牌的情況發生。

李老二膽子大，玩詐金花是他的強項，聽到林東要玩詐金花，心裏樂開了花，叫道：「雷老大，每人五萬，輸光為止。」

「不好意思，我沒帶那麼多錢。」林東身上只帶了上千塊現金。

雷老大叫了一人過來：「從櫃上取五萬塊錢給林老弟。」

那人走出去一會兒，拿著厚厚一疊鈔票遞給了林東。林東打了一張欠條，雷雄收下欠條，帶到一樓的大廳，林東和李老二坐在賭桌上，週邊了好幾層觀看的人。

找來荷官，賭局就開始了。每人壓一百塊錢的底，最高可以跟一千塊。荷官發完第一局的牌，林東拿起一看：ＡＫ七。

「請林先生說話。」

林東跟了一百塊，李老二連牌都沒看，悶跟了兩百塊。林東接下來要跟的話，就得跟五百塊。

林東跟了五百，心想李老二連牌都沒看，指不定是什麼垃圾牌。李老二仍是未看牌，悶了四百，林東就得上一千了。

「小子，你敢跟嗎？」林老二嘴裏叼了根煙，斜眼看著林東。

林東扔了一千塊錢上去。

李老二掀起撲克的一角，看了看牌，跟了一千，叫囂道：「有種你就再跟！」

林東心一跳，李老二已經看了牌了，還是那麼有恃無恐，難不成起到了好牌？他心裏權衡了一下，把牌扔了：「不跟了。」

李老三嘿嘿笑了笑，露出一口黃牙，把面前的牌一翻，三四九，連花牌都沒有。李家兄弟笑得前俯後仰，直罵林東是膽小鬼。

林東笑了笑，心想只不過是輸了一把，千萬不能亂了心境：「李老二，現在得意太早了吧，看誰笑到最後。」

荷官發了第二局的牌。

林東起到了六六Q，一個小對子。誰輸了誰先說話，這次依然是林東先說話，他跟了一百塊。李老二還是不看牌，悶跟了兩百。林東知道他會詐人，吃過一次虧，也不懼他，跟了五百。李老二又悶了四百。林東毫不猶豫地跟了一千，心想這一局就要李老二把上局贏的吐出來。

李老二繼續悶跟了四百，一根煙吸完，又點了一根煙。林東不怕他，心想他還沒看牌，說不定又是一手爛牌，這把說什麼也不能再被他詐到，隨即扔了一千塊錢出去。

李老二瞧了林東一眼，吐了一口煙去，嗆得林東咳了幾聲。他已經看出來林東起到了點子，翻看了自己的牌，扔了一千出去。

隨後二人你來我往，各自砸了五六千塊出去。林東心裏開始犯嘀咕，李老二已經看了牌，還是那麼囂張，難道也起到了點子？已經扔出去萬把塊了，總要見個分曉。林東扔出一千塊，說了句：「開牌吧。」

李老二笑道：「姓林的，拿了把小對子就敢跟我幹？」

他將撲克牌甩到桌面上，「啪」的一聲，一對老K，將林東的牌震得飛了出去。李老和一臉得意，把煙頭彈了出去，把桌面上的錢都摟到自己的面前。

接下去幾局，李老二虛虛實實，詭道百出，起到大牌時反而裝出一副小心謹慎的樣子，起到小牌時反而激進冒險，硬生生詐得林東扔了幾把牌。除了幾局起到很大的牌，林東全部敗在了李老二手上。

從雷雄手裏借來的五萬塊錢剩下不到一萬了，林東頭上開始冒汗，越輸越不甘心，越不淡定，滿心都在想著怎樣才能贏李老二。

「這老鬼一肚子鬼詐，我要是能知道他的牌，任他如何詐，也詐不到我。」林東心道，忽然腦中靈光一現，為何不用藍芒去讀他的心思，想到此處，不免心中激動。

荷官發了牌，林東倒也不急著去看牌，盯著李老二看了幾眼，瞳孔深處的藍芒果然冒了出來，猛然發現，原來這老鬼雖然一直悶牌，其實他早已看到了自己的牌，難怪那麼多次有恃無恐。李老二這把運氣極差，竟然起到了最小的二三五。不過瞧他一臉淡定，林東心中冷笑，心道這次就陪他好好玩玩。

「悶四百。」林東沒看自己的牌，扔了四百塊錢出去，心想運氣再差，也不至於摸到最小的牌吧。

雷雄看林東這樣，心裏歎了口氣，心想林東是輸急了眼。二人你來我往，全部是悶跟，轉眼間，林東面前的萬把塊錢只剩下兩三千了。李老二心裏一驚，看來悶牌是詐不到林東了，於是翻開牌看了看，故意在嘴角露出一絲微笑。

「跟一千。」

李老二將一千塊錢重重拍在桌子上，惡狠狠地看了林東一眼，林東已經知道了他的牌，一直悶跟。李老二跟了幾把，愈發心驚，不過他囂張慣了，看到林東面前只剩千把塊了，心想說不定再撐幾把，姓林的小子就會被他詐得扔牌。

「跟。」

林東將最後的四百塊錢扔了出去，吐出一個字，李老二徹底絕望了，也不亮牌，直接把牌塞給了荷官。他可不願讓林東看到自己手裏捏的是最臭的爛牌。

二三七？林東翻開自己的牌，嚇得一身冷汗，這運氣也真夠背的，還好李老二的運氣更背。

李老大叫道：「老二，這小子那麼小的牌，你幹嘛不把你的牌亮出來？我就不信能比這還小，那不二三五了？」

李老二的臉陰沉著，不耐煩地道：「大哥，你別嚷嚷行嗎？」

李老大被他嗆了一句，心裏不悅，雙臂交叉抱在胸前，吹鬍子瞪眼。

「發牌。」李老二朝荷官吼道，上一局他輸了一萬多塊，心情很是不爽，心想一定要在這局找回臉面。

牌一發完，林東故意朝他冷笑，趁機看著他的眼睛，李老二這把點子不錯，起了個六七八順子。林東看了看自己的牌，七八九，心中狂喜，這一把非得玩得李老二吐血。

「李老二，該你說話。」林東提醒了一句。

李老二也不說話，扔了四百塊錢上來。林東跟了一千，如此來回了四五把，李老二憋不住了，以為林東起到了大牌，故意翻開牌看了看，氣勢囂張地跟林東鬥了起來。來來回回不知道多少把，林東面前的兩萬塊錢只剩下兩千不到。

李老二抹了一把額頭，滿手都是冷汗，實在捨不得把這順子扔了，心一橫，跟了一千塊。

林東也跟了一千塊，叫道：「開牌。」

李老二把自己的順子往桌上一甩，林東冷笑，一張一張翻開了自己的牌。

「不好意思，我七八九順子，大你一級。」

劉強趕緊過來把錢摟到林東這邊，不過兩局牌的時間，林東已經從差點輸光到贏了一萬多，太神了。雷雄也對林東刮目相看，他不知林東為何能贏，只當是他悟性奇高，漸漸入了門道。

李老二的臉色就像是爆炒過的豬肝，難看至極，額頭上掛滿汗珠。從一開始他就看出來了，林東明明就是個菜鳥，可不知為何這兩局竟然贏得如此漂亮，讓他的顏面蕩然無存。

林東只不過是個名不見經傳的毛頭小子，而李老二在西郊卻是赫赫有名，如果輸給了林東，不僅是輸了錢，更重要的是丟了臉面，成為別人茶餘飯後的談資。

「李老二，想啥呢？到底還玩不玩？」

荷官發好了牌，李老二仍陰沉著臉，遲遲不說話。

「四百。」李老二悶牌。

林東看了他幾眼，這已經是一天之內第三次動用藍芒了，眼睛已經感到了酸澀。他驚然發現，兩人的牌盡然都是ＡＫ六。

詐金花的規則，兩家起到同樣大小的牌，說開牌的人輸。

林東下了決心，這一把一定要讓李老二喊開牌。李老二悶跟了一會兒，林東想都不想，一直跟。李老二起了疑心，估計林東是起了好牌了，心想好漢不吃眼前虧，便把牌扔了。

林東有點失望，這一局沒贏到李老二多少錢，不過終於詐了他一把，這感覺還是挺不錯的。

「ＡＫ六，李老二，嚇唬嚇唬你就扔牌了，沒勁。」

在林東的挖苦諷刺之下，李老二的臉色越來越難看，拍桌子站了起來指著林東罵道：「你說什麼？」

雷雄發話了：「李老二，賭桌上的規矩要我教你嗎？別在這裏撒野。」

李家三兄弟的臉色都很難看，李老二把桌子拍得震天響，表情像要吃人似的。

「老二，要不換我玩一把？」

李老二已經輸得急了眼，喪失了理智，李老大看在眼裏急在心裏，換他上的話，說不定還有扭轉局勢的機會，不料話一出口卻遭了李老二一個白眼。

「大哥，你再說這話，別怪兄弟翻臉。」李老二輸急了，一心只想著怎麼扳回面子，李老大的話猶如火上澆油，將他的火點得更旺。

若不是看在有外人在場，李老大恨不得給他一個耳光。

「荷官，發牌。」李老二愈是心急，起到的牌愈是垃圾，被林東連續殺了幾局，面前只剩下兩百塊錢了。

「李老二，該你說話了。」打了底錢，李老二只剩下一百，他沒有別的法子，只有叫開牌。

林東站了起來，抿著嘴唇，將手中的三張牌往桌上一甩，三個K徹底斷了李老二翻本的希望。李老二滿臉都是汗珠，面如死灰，從未輸得那麼慘。

「雷老大，五萬塊錢還你。」林東數了五萬塊出來，還給了雷雄。雷雄從口袋裏掏出欠條，當著林東的面撕了。

李家三兄弟幾次三番折在林東手裏，對他是恨之入骨，剛想要走，卻被雷雄攔了下來。

「李老大，你似乎忘了今天約你們來的目的。都按著你的意思了，怎麼說？」

李家兄弟在西郊也是有頭有臉的人物，今天又有那麼多人在場，不好食言。

「願賭服輸，老三和劉強的事情今天就算了。以後我們兄弟不會找劉強麻煩。」李老大暗道，我只是說和劉強的事情算了，這姓林的可惡至極，是萬萬不能饒過的。

李三這時忽然驚叫一聲：「大哥、二哥，我想起來了，姓林的認識李龍三，上次陳飛和我就是被他揍的。」這是李三和林東第二次見面，今天一見面他就覺得林東眼熟，不過一時想不起來，直到看見林東最後甩牌的狠相，他才認出了林東。

林東冷笑：「李三，是不是打算新仇舊恨一起算啊？」

林東認識左永貴已經讓雷雄吃了一驚，這會兒又得知他跟李龍三也有交情，雷雄愈發覺得林東不簡單了。李三跟兩個哥哥說過那次的事，李家三兄弟只當李龍三帶的好幾百口人是去救林東的，想必二人交情匪淺。

「林老弟，你既然連高五爺身邊的人都認識，還找我幹嘛？」雷雄很是不解。

「哦，龍三事多，我不想麻煩他，再說我也是誠心想結交雷老大。」林東心裏差點笑翻了，李龍三一直將他視作仇人，關鍵時刻竟然還能發揮大作用，看來多認識人還真沒壞處。

李家兄弟徹底蔫了，這仇他們是不打算報了。李龍三是什麼人，就算李老棍子見到也得點頭哈腰，他哥仨算什麼，給李龍三提鞋都不配。

「三兒，咱回吧。」李老大一揮手，神色頹唐。李家兄弟和帶來的幾人全部退出了小樓，灰頭土臉地走了。

第十章 副總的位置

林東問道：「溫總，您找我來，不會就是讓我來看你的新公司吧？」

溫欣瑤淺笑：「當然是有事情找你，說說吧，這裏給你的感覺如何？」

從進門起，林東便將這辦公室的整體佈局和裝修風格打量了一番，林東將自己的看法說了出來：「舒適溫馨，如家般的感覺，這就是我的感受。」

「看來我要的效果達到了。」溫欣瑤一笑，繼而步入了正題：「林東，這裏的一切都是以你為中心打造的。」

林東謝過了雷雄，帶著劉強離開了小院，往路口走去。林翔站在路口焦急地等待，老遠看到了他們迎上前去。

「強子，怎麼樣？」林翔急問道。

劉強把手中的黑色袋子扔給林翔，林翔一頭霧水，打開一看，裏面裝的竟然是一張張百元大鈔。

「怎麼回事？」林翔抬起頭，呆呆地看在眼前的兩個人。

劉強把他摟到懷裏，邊走邊道：「事情解決了，這錢是東哥贏李老二的。」

林翔傻了眼，心想不是來調解的嗎，怎麼還賭上了？

車子開到高教區的賓館街，林東讓司機在外面等一會，三人回房間拿了行李，退了房，又讓司機開往大豐廣場。

天黑之後，月亮掛在樹梢頭，滿天都是星星，微風。

兄弟三個喝了很多酒，連續繃了幾天時間的神經終於可以放鬆下來。

沒有李家兄弟的騷擾，以後他們就可以安安穩穩地開店。

十點多鐘，林東才回到了自己的出租屋，掏出手機一看，才知道手機沒電了。

林東插上充電器，開了機，才看到高倩給他發了條簡訊。

「東，明天大夥想見你，你看如何？」林東看了簡訊發來的時間，是在下午六點左右，趕緊給高倩回了一條簡訊過去。

「倩，剛看到簡訊，你安排吧，我也很想和他們聚一聚。」

高倩很快回了簡訊：

「好。那就明晚西湖餐廳吧，我訂位置，明天下班去大豐廣場接你。東，工作的事情你別著急，總會找到滿意的。你想進哪家單位告訴我，我替你找點門路。」

「嘿，我現在是閒人一個，時間大把，你和老紀直接去西湖餐廳吧，我自己過去。工作的事情你別操心了。」

洗漱了之後，林東躺在床上，心裏也有些煩躁，總不能一直閑下去，但又不知道做什麼好。他現在較之畢業的時候要成熟許多，不會因為需要工作而工作，必須找一個有「錢途」的工作，否則的話怎麼才能在年底之前賺到五百萬？

「誰能發我那麼高的工資？」

林東在腦子裏算了一下，到年底就剩四個月了，五百萬還遙遙無期，如果找個單位上班，撐死也就每個月萬把塊，再加上炒股票賺的錢，在年底之前也絕沒有賺到五百萬的希望。

翻了個身，看到平躺在床上的玉片，林東將其捏在手中，手指在玉片上面摩掌。就是這塊東西改變了他的人生，他對玉片充滿感激之情，親了一下，將玉片置在心口上。

迷迷糊糊將睡未睡之時，林東忽然驚醒，猛地坐了起來，心口的玉片滑落到床上，黑暗中，玉片發出幽綠的光芒，內部的未知液體宛如浪潮一般洶湧澎湃，一浪一浪往上沖。怎麼回事？

林東大驚失色，心道不會把玉片衝破吧？如果失去了玉片，如同斷了他的財路，還怎麼在股市裏撈金？

幽綠的清輝漸漸暗淡，很快便消失不見，玉片又恢復如常。林東伸手摸了一下，仍是熟悉的冰冷的感覺。看來他的擔心是多餘的，不過這種奇怪的現象他還是第一次見，隱隱覺得將要發生什麼事，卻又猜不到。

第二天早上醒來之後，林東發現了玉片的變化，玉片內部的未知液體竟然呈波浪形曲折向上。

「怎麼那麼像K線圖呢？」林東心道，也未多想，洗漱去了。

吃完早飯，一上午都在房間裏看書，想起和高倩約了晚上在西湖餐廳吃飯，林東趕緊換了衣服出了門，路過李懷山的小院時，林翔正在樹下吃棗，見了林東拉他進來。

「二飛子，我這還有事呢。」林東剛想走，卻見一輛摩托車猛地剎車，停在了小院門口的馬路上。來人下了車，摘下頭盔，走進了小院。

「李老二，你還敢來？」

在屋裏修電腦的劉強聽到了李老二的名字，提著鐵錘奔了出來。

「李老二，昨天不是都說清楚了嗎，你還來找碴？」

李老二攤開手掌，笑道：「誤會，誤會，我今天不是來找碴的，我是來找姓林的詐金花的。」

李老二從屁股後面的兩個褲兜裏掏出兩疊百元大鈔，昨天輸給了林東，回去之後越想越覺得不甘心，於是今天就一個人開車過來要再賭一次。

劉強和林翔紛紛勸說道：「東哥，別理他。」

林東看了看時間，說道：「不好意思啊，我馬上要出門了，不能跟你賭了。」

李老二腆著臉皮，苦求道：「林老弟，不耽誤多少時間的，你就跟我玩幾把吧。」他賭癮犯了，兼之心裏又急著扳回面子，見林東要走，差點就跪地求他了。

跟高倩約好了六點，時間還很寬裕，其實林東並不著急。他早已下了決定，既然李老二帶著錢送上門來，那就卻之不恭了。不過因為藍芒每天只能動用三次，所以他要吊吊李老二的胃口，逼他答應只玩三局。

「這個……李老二，不是不給你面子，是我真的有急事啊，真得走了。」

林東邁步朝院子外面走，李老二伸手拉住了他的手臂。

「林老弟，就玩幾把，十來分鐘的時間，好不好？」

林東皺眉，裝出很為難的樣子，李老二看著他，眼中滿是乞求之色。

「幾局而已嘛，能花多少時間？」

林東開口道：「咱兩家好不容易化干戈為玉帛，我也不想駁你的面子，不過我確實有事在身，最多陪你玩三局。」

林翔和劉強見林東答應賭，急道：「東哥，這傢伙是老賭鬼，賭不過他的。」

三局實在是太少了，一根煙的工夫就結束了，李老二本想多玩會兒，不過看林東的樣子的確是有事在身，心想三局就三局吧，老子今天一局都不會輸給你。

「大不了把贏的錢再輸給他，有什麼大不了的。」林東成竹在胸，嘿嘿笑道。

「林老弟說三局就三局。」李老二連牌都帶來了。

林翔從屋裏端來一張小桌子，擺在棗樹底下的陰涼處。

林東和李老二落座，林翔站在林東的身後，劉強極不情願地做了發牌的荷官。

他倆都為林東捏了把汗，李老二既然不是來尋釁生事的，不理他就得了，幹嘛還要跟他賭錢？這不是找輸嗎？

第一局，李老二先說話，他看也不看牌，往桌上悶了四百。林東朝他望去，藍芒從瞳孔深處躥了出來，讀到了李老二的心思，也不知這李老二用了什麼法子，荷官發牌之後，不見他看牌，就已經知道起了什麼牌。林東倒是有點佩服李老二的本事，不過李老二只知道自己的牌，哪比得上他連對方的牌都知道。

「李老二起到了Ｋ九七，沒我的二二三大。」

林東跟了一千，李老二繼續悶了四百，二人你來我往，不下六七個回合了。

林東笑道：「李老二不看牌就一直悶跟，我才不怕你，再跟一千。」

李老二知道自己點子不大，有點心虛，不過他是老賭鬼了，嘿嘿一笑，裝模作樣看了下自己的牌，眉毛一挑，無意中露出激動的神色，大喊一句：「跟一千。」

林東知道李老二是在詐他，不聲不響扔了一千，心想最好李老二一直跟下去。

「開牌。」李老二沒詐到林東，叫開牌了。

二人將牌翻開，林東的對子大，林翔趕緊幫他把錢摟了過來，劉強的臉上也露出一絲笑容。

第二局林東手氣極差，起到了九八六，連張花牌都沒有，而李老二手氣不錯，竟然起到了Ｊ六三的同花，心裏激動萬分，心想這局一定要狠狠贏回來。

林東讀到了李老二的心思，心道：恐怕要讓你失望了。

「悶一百。」李老二往桌上拍了一張大鈔，這次他沒有直接悶四百，怕把林東嚇跑，所以打算一步步引林東上鉤。

「手氣真爛，不跟了。」

李老二充滿希望的眼神轉瞬變為驚愕與失望，林東竟然把牌扔了，可憐他好不容易起到了一把大牌，竟然只吃了一百塊錢底錢。

李老二氣得真想掀桌子。他鼓著腮幫子，鼻孔裏直哼哼。

林東看了看時間：「李老二，最後一把啦，玩完我就得走了。」

劉強發了牌。林東看了看自己的牌，時來運轉，這一局竟然他起到了七八九同花順。按捺住心中的喜悅，林東朝李老二看了一眼，這傢伙面無表情，不過他的眼睛出賣了他，藍芒已經讀到了他的心思。李老二手氣也不賴，起到了AK九同花。

「林老弟，該你說話了。」李老二起到了大牌，生怕林東又直接扔了牌。

以其人之道還治其人之身，林東決定好好釣釣李老二這條魚。

「一百。」一步一步來，讓李老二以為林東的牌不大，這樣才能讓他有恃無恐，砸更多的錢出來。

「悶二百。」李老二打了個哈氣，慢吞吞地扔了兩張紅鈔到桌上，他自認為起到了厲害的大牌，不敢上太多，怕嚇跑了林東。

林東裝出猶疑不決的樣子：「哎，算了，大不了今天沒贏，跟五百。」

二人一悶一跟，不知不覺中已來回十來次。

「悶四百。」李老二樂了，以為林東正一步一步上了他的鉤，心想林東已經跟了那麼多錢，不大可能扔牌。

林東遲遲不說話，李老二催道：「林老弟，你倒是給句話啊。」

裝出很為難的樣子，林東又跟了一千。李老二想也不想，繼續悶了四百塊。

「跟一千。」

「悶四百。」

「跟一千。」

「悶四百。」

……

二人你悶我跟，轉眼間李老二帶來的鈔票已經見底了，他頭上出了汗，不祥的預感罩上了心頭，心想如果林東牌不大，那早就該開牌才對，為什麼跟了那麼久？

「我就不信他能起到同花順？」李老二手握大牌，提了提膽氣，又悶了四百。

「跟一千。」林東往桌上甩了十張鈔票，笑道：

「李老二，再不開牌，你就沒錢了。」

李老二笑道：「別急，錢都在桌上，馬上都是我的了，悶四百。」

李老二的面前只剩下四百塊錢，林東搖搖頭，跟了一千：「算了，開牌吧。」

李老二站了起來，把牌往桌上一甩：「哈哈，ＡＫ九同花。姓林的，老子不客氣啦。」語罷，李老二就要把桌上的錢往面前摟。

林東翻開自己的牌：「別急，李老二，你瞧瞧這是什麼？」

林東把牌往桌上一甩，啪地一聲脆響，擊碎了李老二的美夢。李老二怔怔站在那裏，動也不動。

「哇，同花順！」林翔歡呼雀躍，揮拳道：「東哥真厲害……」

李老二難以置信地盯著擺在林東面前的牌，小眼睛瞪得老大，一下子從雲端跌落，這種巨大的落差感差點沒讓他當場暈死過去，臉色難看之極。

「二飛子，收錢。」

林東起身往門外走，李老二回過神來，追了出去。

「姓林的，今天玩得不過癮，我們繼續。」

林東笑道：「李老二，今天就到此為止吧。一來我真的沒時間，二來你也沒錢了。改天，改天再玩。」

李老二面如死灰，他帶了兩萬塊錢，輸得只剩四百了，還玩個啥。林東走了不遠，他也發動摩托車回去了，回頭望了望這小院，狠狠呸了一口，心道下次再來，一定要讓姓林的輸得只剩褲衩。

林東到了西湖餐廳，在高倩訂的位置上坐了下來，六點半的時候，高倩一行人才到。紀建明、崔廣才和劉大頭都來了。

「兄弟們，好久不見啦。」林東起身相迎，和眾人一一擁抱。

紀建明等一眾老友還是在林東離職後第一次見到他，原本還擔心林東會沮喪抑鬱，所以才主動提議出來聚聚，希望能助他紓解心結，不過今天見面之後，他們覺得是自己多慮了。林東滿面春風，神采奕奕，哪有半點頹唐之態。

眾人坐定，紀建明問道：「林東，看你這樣子好像最近過得不錯呀，別後的事情還不給咱說說？」

林東最近股票上裏賺了不少錢，剛解決了和李家兄弟的矛盾，前後又贏了李老二七萬塊錢，所以看上去心情很好，不過這些事情他是不會和紀建明等人說的。

「哎，整日遊手好閒，除了吃喝睡，哪有別的事情。」

菜上來之後，眾人邊吃邊聊，聊著聊著又聊到了公司上面。

「嘿，林東，今天下午發生了一件大快人心的事情，想不想聽？」崔廣才眨巴著小眼睛，一臉的興奮。

林東嘿笑道：「這頓飯我請，夠誠意吧？老崔，到底啥事，別藏著掖著。」

崔廣才放下筷子，清清嗓子，細聲慢語道：

「此事說來話長，有道是天道輪迴，報應不爽，善有善報，惡有惡報，不是不報，時候未到。那小人自從構陷你之後，被你那般狠揍一頓，請了兩天假，傷好之後回到公司，愈發囂張得意。豈料天有不測風雲，也不知老闆從哪聽來的消息，知道是他作的祟……」

「老崔，停下吧。」紀建明打斷了崔廣才：「林東，聽我跟你說……」

原來，徐立仁舉報林東的事情被老闆魏國民知道了，今天下午，徐立仁被老大叫到辦公室狠罵了一頓，連帶郭凱也遭了秧。罵完之後，魏國民說公司不允許有破壞團結的人存在，直接將徐立仁開除了。

「怎麼樣？兄弟，這事情大快人心吧？」

「嘿，你是沒見著，下午徐立仁收拾東西離開公司時，多少人拍掌慶賀呢。」

紀建明和崔廣才一唱一和，徐立仁在公司老得罪人，人緣原本就差，當同事們得知他陷害林東後，更是不把他當人看，這回他被開除了，哪有不拍掌的道理。

林東哼了一聲，想起他以前對徐立仁處處忍讓，對方竟然那般對他，得知這小人被開除之後，頓時心情大爽。

「當浮一大白。」

眾人舉起酒杯，齊聲道：「喝。」

連乾了幾杯，眾人放下酒杯，劉大頭說道：

「林東，徐立仁算歇菜了，我聽說老闆和同行打過了招呼，封殺徐立仁所有退路。估計是不會有券商願意接收徐立仁那樣的人。」

聽了劉大頭的話，林東心想這魏國民還真是心狠，不過也不至於為個小角色動用關係吧。殊不知，魏國民最討厭破壞團結的人，四年前，他的副手范馬明聯合公司一部分元老反對魏國民，差點搞得他下台。從那之後，但凡有敢在公司內部搞事的人，不論大小，魏國民都會不留情面一律開除。

「大頭，投顧的工作做得舒心嗎？」

劉大頭搖搖頭，連連哀歎：「行情那麼差，連續十天收陰線，個股普跌，天天有客戶打電話來罵，這工作能舒心嗎？」

林東點點頭，雖然已經不在證券公司做了，不過他一直都關注行情，每天必然抽出時間來流覽財經資訊。這一輪的下跌對本已處於寒冬期的證券業是雪上加霜，據報導，各地券商的散戶大廳空無一人，可見股民們已經對市場失去了信心。

「解禁大潮襲來，個股份化不一，券商股接連受到重挫，元和的股價昨天就險些跌停。」三句話不離本行，眾人又聊到了股市上來。

「這次解禁的股票市值高達七百多億，股民能有多少血夠抽的？哎，這市場啥時候才能有起色？」紀建明感慨道。

劉大頭道：「許多基金最近都在逆勢加倉，估計都是在等觸底反彈吧。」

林東點點頭，贊同劉大頭的想法，鼓氣道：

「哥幾個別灰心，說不定就要到鑽石底了，黎明前的曙光就快來了。」

「堅持就是勝利，來，乾一杯。」

眾人舉杯，吃完飯已經九點多鐘，所幸喝的都是啤酒，大家頭腦都很清醒。紀建明三個開車回家去了，高倩開著車送林東回大豐新村。

車開在途中，高倩道：

「東，有個消息我聽說了，不知道老紀他們知不知道，溫總好像要辭職了。」

「什麼？」林東轉頭看了高倩一眼，有些詫異。

「你別小瞧了溫總，她的能量大著呢。元和畢竟是個小池塘，上面有魏國民壓著，她留在這裏也沒什麼大發展，跳出去反而可以另覓一片廣闊天地。」

林東挪了挪屁股，換了個更舒服的坐姿，想起溫欣瑤那張豔麗無雙的臉，似乎又感受到了那股撲面而來的寒氣，不禁打了個哆嗦。

「消息可靠嗎？」

高倩笑道：「傳聞總不會空穴來風的，我也不確定，看近期有沒有動靜吧。」

車子開到大豐廣場，高倩和林東一起下了車。

「走，讓我送你到狗窩吧。」高倩一臉幸福之色，挽起林東的手臂，朝著他的出租屋走去。

路上靜悄悄的，微風拂動，路旁的垂柳揮舞著長絲。曉風殘月，良辰美景。二人攜手走在路上，高倩溫順地靠在林東肩頭，路邊的小黑狗聽到了腳步聲，抬起頭懶懶地看了一眼，埋頭繼續睡覺。

路燈十個之中壞了六七個，不到三百米的距離，林東倒希望延長到三千里。那樣的話，他就可以一直攜著高倩的手走下去。

「這種感覺真好。」林東抬頭望天，淡淡道。

高倩抬頭看著林東的臉：「大帥哥，你想不想感覺更好一點？」

林東正在品味她的話，高倩已踮起腳尖在他臉上吻了一下，留下一道唇印。

走到小院的門口，林東停了下來，「不行，天那麼黑，我不能讓你一個人走這段夜路。倩，走吧，我送你上車。」

高倩笑道：「你怕什麼，我沒事的。」

「這路上小流氓可多著呢。」

「你忘了我是誰？流氓敢在太歲頭上動土？」

說笑間，已經走到了高倩的車旁。

已經很晚了，林東和高倩溫存了一會兒，他倆接吻的技巧都很拙劣，弄得兩人滿嘴都是口水。林東全身燥熱，看看高倩眨著大大的眼睛，可愛得像隻小貓。

「倩，你趕緊回家吧，到了告訴我。」

林東長出了幾口氣，高倩走後，他腦子裏仍滿是綺念。回家沖了個冷水澡，坐在小院裏乘了一會兒涼，這才感到沸騰的血液漸漸平靜下來。

「東哥、東哥……」

第二天，林東一到李懷山的小院，就被林翔拉到屋裏，劉強也看著他傻笑。

「怎麼回事？瞧把你倆樂成啥樣了？」

林翔笑道：「是有喜事，不過不是咱的，是你的。東哥，昨晚我可看見了，那姐姐真漂亮。大爺大媽要是知道你給他們找了個那麼漂亮的城裏女孩作兒媳婦，一定能高興的跳起來，我大爺準能連乾兩瓶老白乾！」

「那叫女朋友，還沒結婚呢，你高興個啥？」林東轉頭對劉強道：「強子，帶上咱贏李老二的錢，找個場子，咱玩玩去。」

劉強苦著臉：「東哥，那地方魚龍混雜，咱不去不行嗎？」

林翔聽說林東要去賭場，一臉興奮：「強子，那你在家待著，我陪東哥去。」

劉強還想再勸，林東知道他的心意，笑道：

「強子，你放心，哥不會沉迷於賭博的。我心裏有數，反正這錢是李老二送給咱的，拿著它說不定還能賺點回來。」

劉強不再勸林東，說道：「東哥，那你得讓我跟著去，那種地方亂得很，出了事情還能有個照應。」

林東點點頭，林翔一臉苦相：「東哥，不會又讓我在家留守吧？」

「你不在家店還開不開？二飛子，下次哥帶你去，說話算數。晚上回來吃，你買點菜。」

丟下一臉委屈的林翔，林東帶著劉強出了門，劉強知道大豐新村這附近就有個場子，兩人上了計程車問了問，司機就帶著他們去了。下了車，進去一看沒多少人。劉強告訴他，晚上才是賭場裏最熱鬧的時候，有錢人也一般都是晚上出來賭。

林東這次來並沒有想著贏錢，主要是學習來的。劉強在賭場混過，多少懂一些，能為他做些講解。

他們先來到一張桌子前，劉強告訴他這張桌子玩的是推二八杠，簡單說了一些玩法，林東似懂非懂看了一會兒。桌面上一共有四個人，一個莊，三個閑。其他人如果想參加，可以跟著閑家押錢，俗稱「帶小驢」。

臨淵羨魚，不如退而結網。林東跟在閑家後面押了幾把，可惜這個閑家手氣不好，起了幾把「癟十」，連累林東輸了上百塊錢。玩了一會兒，劉強又帶林東到打麻將的桌子上，這個比較複雜，林東看了一會兒也沒看懂，就去了鬥地主的桌上。

在大學的時候沒少玩撲克牌，林東看了一會，也就明白了鬥地主的玩法。這個場子不大，來玩的人也都是普通的老百姓，鬥地主也就玩二十塊一把，正好有個人要走，林東坐上去玩了幾局，看花容易繡花難，豈能玩得過這些老手，連輸幾局，讓給後面的人玩了。

「東哥，玩鬥地主得會算牌，記住出下來的牌，計算還有哪些牌沒出來，還得會配合，有一家壞事，都玩不過地主。」結合劉強的話與剛才失敗的經驗，林東似乎有點懂了，不過還需要通過實踐來提高實際作戰水準。

最後走到了詐金花地方，林東坐了上去，心想怎麼著也得把之前輸的錢和路費贏回來。五塊錢的底，封頂五十塊，林東讓劉強換了零錢過來，習慣了和李老二一千一千地跟，這裏的五十塊封頂玩起來實在沒多大意思，帶著這種心態玩起來沒什麼心理壓力，膽子特別大，動不動就封頂，嚇得其他幾家動不動扔牌。

玩了將近一個半小時，林東贏了上千塊。天色漸晚，其他幾家知道贏不了他，也不想玩下去，就這麼散了場。出了賭場，劉強笑道：

「東哥，你不如就別上班了，你瞧玩這個多賺錢，一會兒就上千塊到手了。」

林東瞧他一眼：「強子，切不可有這種心理。咱祖祖輩輩都是農民，父母教育我們勤勞才能致富。賭博這玩意終歸不是正途，玩玩可以，切莫沉迷其中。不過多學點東西總不是壞事，我來這裏贏不贏錢是次要的，主要是為了多學一些在人際交往中的手段。」

林東說了一通道理，聽得劉強一愣一愣的，也不知道懂不懂，光顧著點頭了。

回到小院已是六點多鐘，林翔正在院子裏洗菜，見林東二人回來了，急忙問起下午的情況。

劉強將下午發生的事情說給林翔聽，林翔聽完之後就指揮他去修電腦了，又有人送來幾台機器，他忙了一下午還沒修完。吃過晚飯，林東回到出租屋，剛想去洗湫，卻接到了李庭松的電話。

「老大，我記得你上次問過我大豐新村拆遷的事情，現在有消息了。台商城的項目落到了咱虞山區，上頭已經在研究拆遷的事情了。」

林東有點後悔，早知道咬咬牙就把李懷山的小院買下來了，不過現在後悔也無濟於事了，他淡淡道：「哦，我知道了。」

李庭松從林東的語氣中聽出他有些失望，嘿嘿笑道：

「老大，告訴你一個好消息，蕭蓉蓉馬上調去市公安局了，以後我就不用和她抬頭不見低頭見了。」

這對林東而言還真是個好消息，心想這樣一來，李庭松就不會逼他去勾引蕭蓉蓉了，笑道：「那好啊，你就可以和她好好相處了。不要給自己壓力，蕭蓉蓉那麼好的條件，你打著燈籠也沒處找。」

李庭松沉默了一會，坦然道：「老大，我和她分手了。」

林東聞言，頭皮發麻，驚問道：「什麼情況？」

李庭松道：「是她提出來的，說對不起我。你別為我擔心，這正是我所求的結局，我很好。」李庭松雖然心中仍有點失落，不過自從和蕭蓉蓉分手之後，他的確是覺得輕鬆了許多，壓抑了太久，很珍惜現在輕鬆自在的感覺。

「那就好。老三，咱哥倆也有日子沒見了，週末我請你吃飯。」

接下來的半個月裏，林東每天帶著劉強或是林翔二人去賭場，進步神速，麻將、紙牌和骰子樣樣精通，又有藍芒助他，無往而不利，這半月之內竟然又贏了五萬多塊錢。

這一天，林東和林翔還未到小院，就看到了停在院子外面的摩托車。那車他們認識，是李家兄弟的。

「喂，趕緊給姓林的打電話，就說老子學到了勝他的絕招。」李老二坐在棗樹下，嘴裏嚼著棗子，對屋裏正在修電腦的劉強催促道。劉強卻連頭也不抬，低頭只顧忙自己手上的活計。

「喂，小子，再不給他打電話，別怪我賴著不走了。」

「李老二，」林東走進院中：「你又來撒什麼野？」

李老二一聽林東的聲音，屁股下面像是坐了彈簧似的，從板凳上蹦了起來：

「你回來就好，趕緊的，擺上桌子，咱倆玩幾把。」

林東打了冷水洗了把臉：「你回吧，我沒時間陪你這種爛賭鬼玩。」

李老二冷臉，哼道：「你懂不懂規矩，贏了我的錢就說不玩了，豈有此理！」

林東欲擒故縱：「你又賭不過我，我這是不想贏你的錢，別不識好人心。」

「贏不了你，我今天就不會來了，自從上兩次輸給你之後，這些日子我一直在想你為什麼贏，終於讓我找到了原因。林東，上次在雷雄那裏，你也是最後三把贏了我，第二次在這院子裏，你也堅持要跟我賭三局。嘿嘿，姓林的，老子今天帶足了錢，你敢不敢跟我玩個痛快的？」

林東這半月來泡在賭場，正想找個人試試賭技是否有所長進，像李老二這樣的老賭鬼絕對是最佳人選。「二飛子，擺桌。強子，發牌。」

為了復仇，贏回面子，李老二這次帶了七萬現金。藍芒只有三次使用機會，不到關鍵時刻絕不能動用，林東已打定主意要好好和李老二賭一場。這場賭局從下午六點半開始，二人展開了拉鋸戰。林東這半月在賭場用心去看，用心去想，對賭博有了新的體悟。

賭博，如戰場，如商場，也如人生，玩的都是詭詐之道。

林東越玩越順，手氣也越來越好，九點鐘之後，拉鋸戰結束，開始出現一邊倒的局勢。李老二眼睜睜看著面前的錢越來越少，一次次被林東詐倒，卻無能為力。

十點半，李老二負隅頑抗了一個半小時，終於趴下了，帶來的七萬塊錢輸得一毛不剩，林東的藍芒卻只用了兩次。李老二輸傻了，前前後後輸給林東十幾萬了，這次帶來的七萬塊錢可是李老棍子給他辦事的錢，本來是拿來翻本的，沒想到卻全輸光了。

「李老二，還行嗎？」

李老二擺擺手，爬上了摩托車，連踩幾下沒打著火，趴在車上喘了幾口氣，用力踩了一下，這才打著火，開著車飛奔而去。林東兄弟三人看李老二的樣子，都覺得他有點可憐。

回到租屋，已經是十一點了。秦大媽屋裏的燈還亮著，聽到林東開門的聲音，忙從屋裏走了出來。

「大媽，那麼晚還沒睡啊？」林東笑道。

秦大媽道：「渾小子，下午房東來過了，讓我們儘快找房子搬走。大豐新村這一片要拆遷了。」

「有消息了？」

「文件都下來了，那還能假嗎，咱們住一起的日子不多了，以後就要各奔東西了，大媽還真捨不得。」大家在一起相處久了，有了感情，秦大媽說著，眼淚就流了下來。

林東也頗為傷感，秦大媽把他當自己的孩子看待，伺候他吃喝，搬走了以後，到哪裏才能尋到這樣好的鄰居？

盥洗之後，林東躺在床上，心想文件都下發了，應該儘快聯繫李懷山，讓他回來處理拆遷事宜。不過翔強快修才開起來不久，這一片要拆了，又得另尋店面。這事也得儘早跟林翔和劉強說說，讓他們有個心理準備，也好儘快去尋租店面。

手裏捏著玉片看了一會兒，一個星期前，他才終於明白玉片裏呈現出的形態是什麼意思，真的是如他第一眼看到時所想，就是最近股市大盤的走勢K線圖。

經過大跌之後，大盤觸底反彈，連續半個月收陽線。不過那形態已經漸漸變淡，林東猜想應該很快就會變盤，這一輪的反彈或將在近日結束。

前日從高倩口中得知，溫欣瑤真的離開了元和，不過具體去了哪裏誰都不清楚。溫欣瑤離職之後，魏國民如失一臂，不得不重用姚萬成。姚萬成無論是人品和能力都與溫欣瑤相差甚遠，魏國民將大小事務交與他打理，沒過兩三天，公司就被他搞得人心惶惶，怨聲載道。

姚萬成打壓異己、拉攏同盟的手段要比他管理公司的手段高明得多，以前拓展部和投顧部門歸溫欣瑤管轄，他插不上手，現在通通歸他管轄，他便開始作威作福，狠狠整治了原先溫欣瑤的親信，連紀建明等最底層的客戶經理也未能倖免。

第二天早上，林東吃完早飯，想到了要聯繫李懷山，李懷山走的時候並沒有留給他在美國的聯繫方式，林東猛然想到李懷山臨行前給他的信封，記得李懷山說過等到有急事再打開信封。

信封裏到底藏了什麼？

林東在屋裏亂翻一通，怎麼也找不著李懷山給他的信封。靜下心來回憶那天發生的事情，猛然記起他當時隨手把信封塞在了電腦包的夾層裏。他急忙打開電腦包，果然找到了那個信封。

拆開一看，李懷山的字剛健遒勁，宛如刀削斧鑿一般，極具風骨。林東聯想到了李懷山的為人，笑了笑，話說字如其人，果真一點不假。

信紙上只寫了寥寥數語，讓林東遇有急事就去景宏大廈B座廿三樓去找一個叫高玉龍的人，上面還寫了高玉龍的電話。林東聽說過景宏大廈，是商用辦公大樓。拆遷的事情不能耽擱，林東趕緊照著信紙上的號碼撥了過去。

「喂，你好，我找高玉龍高先生。」

那邊卻傳來一個女人的聲音，聲音很好聽：「請問你有預約嗎？」

「沒有。」林東答道。

那邊聲音一冷：「不好意思，高先生很忙，不接見沒預約的訪客。」

嘟嘟聲傳來，那邊把電話掛了，林東眉頭一皺，也不知高玉龍是什麼來頭，竟然那麼拽。不過李懷山只給他留下了這一條線索，林東想了一下，決定登門拜訪。換上了襯衫和西褲，梳理了頭髮，林東打扮了一番，這才出了門。

景宏大廈。林東站在大廈下面，仰面看了看，這座大廈高聳入雲，擋住了日光，在他面前投下很大一片陰影，絕對堪稱得這一片地標性的建築。

大門入口處放著一對千斤重的大石獅子，氣派非凡。林東進了電梯，按了廿三層。到了廿三層，電梯門一打開，第一眼看到的就是玉龍律師事務所的銅字招牌，特別顯眼，林東這才知道了高玉龍的身分，應該就是這家律師事務所的老闆，也難怪會那麼拽了。

林東來到辦公室前，推門進去，看到一個女的坐在那裏，一身西裝套裙，戴著黑框眼鏡，標準的職業裝，胸口很低，露出誘人的乳溝。

「你找誰？」美女扶了扶眼鏡，對這不敲門擅自闖入的傢伙很不滿。

她的聲音很熟悉，正是今天早上掛他電話的那個女人，林東心中有意調侃她，走上前去冷著臉道：「你老闆就是這樣教你對待客戶的嗎？」

女秘書臉上掠過一絲慌張，以為林東是哪家權貴的公子哥，慌忙站了起來，陪笑道：「不好意思，對不起，我今天有點不舒服，怠慢您了。」

「不舒服？哦，是來大姨媽了？」林東存心捉弄她。

這女秘書被他一問，心想這人怎麼這樣口無遮攔，教人如何回答嘛。

「不說話？是不是生病了？我略懂醫道，來，伸手過來讓我為你診斷診斷。」

女秘書被林東這番撩撥，臉上飛出兩片緋紅：「我們老總在，請問您有何貴幹，我通報一聲。」

李懷山既然留信讓林東來找高玉龍，想必兩人應該是有交情的，林東便說道：「你就跟你們老闆說，我是為李懷山李老師的事情來的。」

「您稍坐。」女秘書邁著貓步，翹挺的臀部左右搖擺，往裏間高玉龍的辦公室去了，騷勁十足。進去半分鐘，她就出來了。

「先生，高總請您進去。」

林東點點頭，邁步進了裏間的辦公室，推開門一看，別有洞天，裝修得古色古香，看來這高玉龍的品味和修養應該不差，不過外頭放著個騷丫頭，估計也不是什麼好鳥。

高玉龍站了起來，中等個頭，看上去瘦而幹練，笑著把林東領到一旁的沙發上坐了下來。

林東直奔主題，問道：「高總，李老師出國前給我留了封信，昨天我得知他租給我的房子要拆遷了，我想問一下您能不能聯繫到李老師？」

高玉龍道：「恩師臨行前找過我一次，我是他的學生……」

高玉龍說起幾十年前的事情：

「那時候我家庭成分不好，屬於黑五類，在學校裏經常被人欺負，我又不能還手，幸虧恩師護著我，才使我能正常學習。後來父母相繼被迫害致死，我成了孤兒，又是恩師將我領到家中供我上學，因為我的身分，還連累恩師遭了幾次打擊報復。後來形勢好轉，我可以報考大學了，那一年恩師什麼都不讓我做，只讓我專心復習。我考上了名牌大學，再後來就一步步有了今天。如果沒有恩師，我現在是生是死都不一定，哪裏會有今天的好日子。」

想起李懷山的恩情，高玉龍已是熱淚盈眶，林東讚歎道：

「李老師為人師表，堪稱師德之典範。」

「受恩師恩惠者何止我一人，恩師桃李遍佈天下，無論是商界還是政界，都有老師的門生。每年過年大家都排著隊去給老師拜年，可惜日後再見不著那種熱鬧的場面了。」

吳雲龍擦了擦眼角，林東看出他心中悲慟，忙問道：

「吳總似乎話中有話，方便告訴我嗎？」

李懷山對他恩同再造，他一直將李懷山視為親父，那份感情外人是難以理解的。高雲龍平靜了一下心緒，說道：「恩師得了癌症，查出來的時候已經是晚期。美國的醫療條件要比國內好，因而在眾人的勸說下才去了美國。」

聽到李懷山罹患癌症的消息，林東的心往下一沉，怎麼他一點都沒看出來李懷山是個病人，想必他一直在人前苦撐著，這得需要多強的毅力和忍受多大的痛苦

林東道：「高總，李老師房子拆遷的事情您看怎麼辦？老師重病在身，讓他飛回來也不大可行，您是他的愛徒，我想聽聽您的意見。」

高玉龍道：「這事恩師早有安排，他臨行之前找我做鑒證律師，來我這裏簽署了一份轉贈委託，說如果遇有拆遷之事，他就將那座小院將轉贈給你。」

「什麼？」

林東以為自己出現了幻聽，驚問道：

「怎麼可能？我和李老師只不過有數面之緣，他怎麼會……」

高玉龍道：「恩師做事向來出人意料，不過恩師的眼光是絕對錯不了的，曾經受他恩惠的學生，現在哪一個不是有頭有臉的人物？小林，恩師看重你，必然有他的道理。」

「可這份轉贈太貴重了，那可是一座院子啊。」林東還是無法接受這突如其來的一筆橫財。

高玉龍道：「錢財對恩師而言確實不太重要，他的一雙兒女在美國都是著名的企業家，有的是錢。辦理相關手續的資料都寄存在我這裏，你找個時間，我讓胡秘書帶你去把手續辦了。」

這時，高玉龍看了一下時間，說道：「小林，你稍坐，我看下盤。」

「吳總也炒股嗎？」林東問道。

高玉龍笑道：「是啊，投了些錢。」

林東心道絕不會是投了一點錢，看他那麼關心股市，應該是投了一大筆錢才是，他對高玉龍印象不壞，兼之他又是李懷山的學生，心想就給他個提醒：

「吳總，如果我估計不錯，明天應該就會變盤，這一輪的反彈將要結束。」

高玉龍轉頭朝林東笑了笑：「小林，你對股票也有研究？」

「以前在券商幹過，吳總，如果您手上還有股票，最好在今天拋掉。」

高玉龍點點頭，卻沒把林東的話當回事，他仍然看好這波行情，覺得行情還要向上走，於是又大筆買進。

過了一會兒，林東乾坐無趣，若不是看在李懷山的面子上，高玉龍這樣高高在上的人物豈會搭理他這個窮小子，於是便起身告辭，高玉龍也未送他，只吩咐胡秘書送林東出去。

林東回來就把大豐新村要拆遷的消息告訴了林翔和劉強，二人起初悶悶不樂，當聽到房主將房子轉贈給了林東，臉上就都浮現出了笑容。

「眼下我手裏資金也寬裕了些，你倆仔細想想，是去另尋鋪子繼續開維修店，或者是做別的，儘管開口，我定當全力支持你們。」

週一。林東在景宏大廈樓下給吳玉龍的秘書胡嬌嬌打了個電話，這騷狐狸一聽是林東的聲音，喂了一聲之後，立馬發起嗲來，聲音甜得膩死人。

「我還有些公務要處理，半小時就能搞定。林先生你要不要上來坐一會兒？」

「好。」林東掛了電話，上了廿三樓，心想總得當面感謝一下吳玉龍，否則就顯得不懂禮數了。

進了吳玉龍的辦公室，便對胡嬌嬌笑道：「我有事找吳總，幫我通報一聲。」

豈知話音剛落，就見吳玉龍開門從裏間的辦公室走了出來，滿面堆笑。

「小林來啦，快進來。」

高玉龍熱情客套，與上次見面時候的不冷不熱大為不同。

林東也正納悶，剛一坐下，就聽高玉龍訴苦道：

「林老弟，悔不聽你之言啊！上周你讓我拋掉手上的股票，我不僅沒拋，反而大舉買進，沒想到第二天一開盤就狂跌，現在全都套住了，損失了幾十萬，唉。」

難怪高玉龍態度好轉，林東心中暗笑，必是經過這一輪的慘跌他才知道了自己的厲害。因為李懷山的關係，林東對高玉龍頗有好感，兼之高玉龍在蘇城法律界也是有頭有臉的人物，林東有意結交，便決定讓高玉龍對他更加信服。

高玉龍歎道：「我在股市裏摸爬滾打了二十幾年，不瞞你說，我人生的第一桶金就是在股市裏挖掘到的。玩了這麼些年，起初賺的全賠進去了，不甘心吶。」

林東笑道：「如果高總信我，不妨讓我看看你現在持倉的股票，或許我能給出一點意見。」

高玉龍欣然道：「那太好了。」帶著林東到電腦前，高玉龍心想林東預測大勢那麼準，想必對個股也有獨到的見解。

高玉龍一共買了十七八支股票，所屬行業也比較分散，林東心知這是他為了規避行業風險，看了一刻鐘，便給出了意見，有玉片的幫助，林東便可縱橫股市，不僅能掌握大勢，也能抓住熱點，當即指導高玉龍將哪些股票割掉，哪些股票應該逢低加倉。

「高總，這只是我個人的看法，具體該如何操作還是由您決定，不過我對自己比較有信心。」

高玉龍見林東如此自信，便決心按照林東剛才的所言一試，不過他對林東激進的操作手法隱有擔憂。

二人交流了一會兒，林東這才感受到高玉龍似乎將自己放到了與他平等的地位，談的話題也就比較廣泛了。胡嬌嬌處理完公務，敲門走了進來。

「林先生，我們可以出發了嗎？」胡嬌嬌柔聲道。

林東起身與吳玉龍道別，吳玉龍將他送至門外，吩咐胡嬌嬌道：

「今天中午我約了人，嬌嬌，你陪林老弟吃頓飯，別怠慢了我的貴客。」

胡嬌嬌見老闆如此看重林東，更是滿心歡喜，只當是遇到了年輕帥氣的小開。

進了電梯，胡嬌嬌問道：「林先生，你的車停在哪裏？」

林東微微一愣，隨即答道：「我沒車。」

胡嬌嬌一臉愕然，隨即心中有所領會，心想必是這花大少故意說謊試探她是不是愛財的女子，便說道：「那就坐我的車吧。」

二人到達地下車庫，胡嬌嬌的座駕是一輛售價在四十萬左右的紅色雷克薩斯，林東坐在副駕駛上，胡嬌嬌發動了轎車。出了車庫，車內頓時明亮許多，胡嬌嬌一邊開車，時不時交叉著大腿，不時的朝林東拋媚眼。

到了地方，二人辦好手續，李懷山的小院就正式歸他所有了。

「林先生，吳總讓我好好招待你，我剛才已經訂好了酒店，我們過去吧。」

林東問道：「胡秘書，你經常帶男人去酒店嗎？」

胡嬌嬌的意思已經很明顯了，只要林東願意，此女就會任他採擷。

這個社會，男人把女人當成一種資源，把佔有多少女人作為炫耀的資本。林東不否認美麗的女人會讓他心動，不過經過柳枝兒的事，他已無心追求這種感官上的刺激，唯有真實的愛情，才是他所嚮往的。

撇下呆立當場的胡嬌嬌揚長而去，林東攔了一輛計程車，他早已和高倩約好了共進午餐，辦個過戶手續，麻煩得很，已經錯過了二人約定的時間。

進了一家西餐廳，高倩已經到了，為他點好了餐。

餐廳內放著舒緩優雅的音樂，倒是個談情說愛的好地方。吃完飯，二人又點了飲料，不過是兩三天沒見面，彼此都似有說不完的話要傾訴。

「倩，李老師房子的拆遷費會有一百多萬，我自己炒股賺的錢也將近有百萬了，加起來足有兩百萬。還剩三個月，再賺三百萬我就可以去見你爸爸，他就不會阻礙我們的交往了。」

林東握著高倩的手，抿緊嘴唇，臉上滿是興奮與激動之色。高倩的美眸中寫滿了溫柔，握緊林東的手，她相信林東必不會讓她失望。

離開西餐廳，高倩將車開到人少的湖邊。林東抱著她，連吻帶摸，弄得高倩痙攣了幾次，一時滿車春色，好在二人尚存一絲理智，緊守著最後一道防線。

攜手漫步在湖邊，湖上吹來微涼的冷風，過了許久，才將二人體內的激情冷卻下來。

「東，溫總自己開了公司，你知道嗎？」

林東笑道：「我跟她又不熟，從何得知。」

高倩仰頭看著他，「不過溫總私下裏倒是提過你好幾次。你這壞蛋，是不是背著我招惹她了？」

粉拳落在身上，無關痛癢，林東嘿嘿一笑，將高倩緊緊擁入懷中，「小傻瓜，你說我招惹誰不好，偏去招惹溫總，我是腦筋壞了，不怕被她冰鎮嗎？」

高倩雙臂圈住他的腰，盯著林東的眼睛，逼問道：

「你們男人哪個不好色，你敢說，你對溫總從未動心過？」

林東被高倩一語問住了，溫欣瑤美麗冷豔又氣質高貴，是一個讓所有男人見了都會心動的女人。

「倩，你要我如何回答你？我說我沒心動，依你所言，我就不是男人，說我心動了，你又該生氣了。唉，男人真難做啊！」

高倩嘟起嘴，推開林東，「哼！詭辯！我管不了你腦子裏想什麼，不過若讓我知道你做了對不起我的事，必讓你做不了男人。」

瞧她那認真的模樣，林東心一驚，還好守住了本心，沒被胡嬌嬌的媚惑勾了魂，否則若讓高倩知道了，命根難保。

過了幾日，高玉龍親自致電林東，盛讚他對大勢和個股拿捏之準確。至此，高玉龍才完全收起對林東的小覷，也明白了恩師李懷山如此看重林東的原因。

「此子絕非池中之物。」

滅了煙，高玉龍按了一下面前的電話，吩咐道：「嬌嬌，看我下周哪天沒有安排，約林東吃飯。」

高倩替林東找了一套兩室一廳的房子，每個月兩千五百的租金，不聲不響替林東交了三個月的房租，他也只好搬去那裏。林翔和劉強在距離大豐廣場不遠的清湖廣場找到了店面，十平米不到的鋪子，一年租金要三萬多，林東已經交了一年的租金。二人將店面搬到清湖廣場之後，生意更加好了。

林東新居名叫「江南水鄉」，靠著湖邊，站在陽台上就能欣賞到湖光山色。廚衛設備齊全，林東回家沖了個澡，倒床就睡了，直到第二天中午被手機鈴聲吵醒，迷迷糊糊接通了電話。

「林東，建金大廈八樓八零一室，速至。」

對方聲音冰冷，似乎帶著命令的口吻，語速極快，說完便「啪」地一聲掛斷了電話。林東頭腦清醒了些，那冰冷的聲音他這輩子也忘不了，只是不知溫欣瑤找他所為何事。

林東記牢了地點，下床洗澡換衣服，搭車去了建金大廈。到了那裏已經是下午一點。乘電梯到了八樓，面前便是溫欣瑤所說的八零一室。

林東推門而入，並未看到溫欣瑤的倩影，因而低聲叫了一聲。高跟鞋踩在地板上的聲音在安靜空蕩的辦公室內響起，溫欣瑤拉開裏面總經理室的門，盈盈而來。

溫欣瑤看他一眼，冷冷問道：「你到了，喝什麼？」

不知為何，林東每次見到溫欣瑤都會感到莫名的壓迫感，雖然如今已非她的下屬，卻仍然從心底生出這種感覺，令他頓時覺得坐立不安。

「溫總，我不渴，別麻煩了。」

溫欣瑤道：「到裏面坐坐。」她走在前面，領著林東進了總經理辦公室。

林東坐定，問道：「溫總，您找我來，不會就是讓我來看看你的新公司吧？」

溫欣瑤嘴角一絲淺笑：「當然是有事找你，說說吧，這裏給你的感覺如何？」

從進門起，林東便將這辦公室的整體佈局和裝修風格打量了一番，溫欣瑤既然有此一問，林東便將自己的看法如實說了出來：

「舒適溫馨，如家般的感覺，這就是我的感受。」

「看來我要的效果達到了。」溫欣瑤一笑，繼而步入了正題：

「林東，這裏的一切都是以你為中心打造的。」

林東「啊」了一聲，難以置信地看著溫欣瑤：「溫總，不帶這樣開玩笑吧？」

溫欣瑤站起身來：「隔壁就是你的辦公室，去看看喜不喜歡。」林東跟著她進了隔壁的副總經理辦公室，仍覺得似在雲裏霧裏，感覺特別虛幻。

請續看《財神門徒》之三　金鼎一號

財神門徒 之2 變生肘腋

作者：劉晉成
發行人：陳曉林
出版所：風雲時代出版股份有限公司
地址：105台北市民生東路五段178號7樓之3
風雲書網：http://www.eastbooks.com.tw
官方部落格：http://eastbooks.pixnet.net/blog
Facebook：http://www.facebook.com/h7560949
信箱：h7560949@ms15.hinet.net
郵撥帳號：12043291
服務專線：(02)27560949
傳真專線：(02)27653799
執行主編：劉宇青
美術編輯：許惠芳

法律顧問：永然法律事務所 李永然律師
北辰著作權事務所 蕭雄淋律師

版權授權：蔡雷平
初版日期：2015年5月
初版二刷：2015年5月20日
ISBN：978-986-352-165-5

總 經 銷：成信文化事業股份有限公司
地　　址：新北市新店區中正路四維巷二弄2號4樓
電　　話：(02)2219-2080

行政院新聞局局版台業字第3595號 營利事業統一編號22759935

定價：280元　特價：199元

國家圖書館出版品預行編目資料

財神門徒 ／ 劉晉成著. -- 初版-- 臺北市：風雲時代，
2015.04 -- 冊；公分

ISBN 978-986-352-165-5（第2冊；平裝）

857.7　　104003800